LA PASSION SELON JUETTE

Née en 1973 à Paris, Clara Dupont-Monod est l'auteur de deux romans, *Eova Luciole* (1998) et *La Folie du roi Marc* (2000), ainsi que d'un document, *Histoire d'une prostituée* (2003).

Paru dans Le Livre de Poche :

HISTOIRE D'UNE PROSTITUÉE

CLARA DUPONT-MONOD

La Passion selon Juette

ROMAN

GRASSET

ISBN : 978-2-253-12561-7 – 1re publication LGF

Pour Olivier

« Juette avait treize ans. C'était l'âge où on mariait les filles... »

Georges DUBY, *Dames du XIIe siècle*.

Tous les matins, je dois coudre. Ma mère m'attend dans la grande salle. Elle est assise devant le feu. Elle ignore le soleil d'automne qui trempe les pierres et tape contre les murs. Au-delà de la ville, les collines se laissent brûler le dos. Pourquoi restons-nous enfermées ? Je voudrais aller coudre sous l'arbre de la cour. Nous serions assises dans la lumière orange. Autour de nous, les toits et les clochers deviennent d'une pureté irréelle. Leurs contours sont très foncés. Ils tranchent avec l'éclat du ciel. L'ombre et le soleil se battent sans se mêler, dessinant l'échiquier que mon père installe pour les invités. Cette danse de noir et de blanc se déroulerait pour nous seules. Une voisine passerait, le panier rempli de poires, pour nous donner des nouvelles du monde. Elle dirait en me regardant : « Comme tu es jolie ! » Ma mère sourirait. Je serais heureuse d'être sous l'arbre à cet instant. Ce bonheur m'appartiendrait, blotti en moi comme un cœur orange.

Ma mère ne sourit pas quand je descends l'escalier. Peut-être que je ne suis pas assez jolie. Je dois m'asseoir. Je pose le tissu sur mes genoux. Il fait si chaud devant ce feu. Je sens mes doigts s'alourdir.

Ils gonflent comme des tonneaux. Je suis sûre qu'un jour ils se détacheront pour tomber à mes pieds et je ne pourrai plus jamais manier l'aiguille.

Ma mère dit qu'on ne trouve pas de mari si on ne sait pas coudre.

La moitié de sa tête est éclairée par la lueur du feu. Elle fredonne, penchée sur son ouvrage.

Toutes étaient filles de Meuse
Même sol et même sang
Couronne à ma jeunesse heureuse
Même chanson et même accent.

Je regarde les tresses nouées sur ses tempes, le menton carré, les plis de sa tunique. Est-ce que Dieu la trouve belle ? Est-ce vrai que chacun est digne d'amour ? La silhouette est parfaitement immobile, sauf les doigts. Ils bougent sur le tissu comme des algues blanches.

Pas seulement les amoureuses
Chacune tendre autour de moi
Chacune fille de Meuse
Le même cœur, la même voix.

Mon père est assez riche pour m'offrir des manteaux de zibeline. Mais ma mère préfère me vêtir seule. Quand elle me fabrique une robe, j'ai toujours l'impression qu'elle m'invente. Ce sont des robes au décolleté bouffant, moi qui suis plate. Le tissu pend sur les côtés. On dirait une seconde peau. Il faudrait que j'épaississe. Que je sois une femme. Je voudrais bien, mais comment faire ? Je me demande si l'on se transforme la nuit. Peut-être qu'un matin je me réveillerai avec le corps de ma mère. Dans les contes, il y a des barons qui deviennent loups-garous à la tombée du jour. Ensuite ils doivent s'exiler dans la forêt. La baronne pleure en attendant leur retour.

Chaque matin, ma mère vérifie. Dehors, il fait encore nuit. Dedans aussi : la lumière des bougies perce à peine. Elle soulève mon drap. Mes genoux remontent sous mon menton. A tâtons, j'enfile une blouse. Je quitte la chambre, vite. J'ai toujours peur que l'obscurité n'avale la petite lueur de la bougie que je dois suivre jusqu'à cette pièce affreuse. Un feu, un baquet, un seau. Je voudrais crier : « Regarde ! Ni museau, ni poil, ni croc ! Je peux partir ! » Mais j'enlève ma blouse et je monte dans le baquet. Je tremble. Il me reste un barrage, un seul : mes cheveux. Ils recouvrent mon dos. Ils me protègent encore. Mais d'un geste, ma mère les relève et les noue. Mes épaules frissonnent de honte. Ce n'est pas seulement moi qui suis vaincue. J'entraîne dans ma chute les objets, le chant du coq, le rose du ciel. C'est le matin tout entier qui capitule.

Sa grande ombre s'agite sur les murs. Je ferme les yeux. J'attends, la tête penchée en avant, les bras raides. J'attends ce geste plus fort que les coups. Derrière moi, le seau racle par terre. Ma mère le soulève en soufflant. Elle le déverse sur moi. Le premier jet me casse la nuque. Au second, des milliers d'épines me transpercent le corps.

Je voudrais que ma mère me prenne dans ses bras, qu'elle me sèche doucement. Le prêtre m'a montré des images où la Vierge tient son enfant contre elle. Son regard est plein d'amour. Le lavait-elle avec un seau ? Peut-être qu'en grandissant, Jésus a déçu Marie. Peut-être que tous les enfants déçoivent leur mère. J'imagine Jésus aux lèvres bleues. Lui aussi, il ne pouvait rien faire avec son corps tordu par le froid. J'essaie de le cacher en serrant les jambes.

Ma mère tâte mes chevilles, pince mes épaules. Elle soupire. Mon corps n'est pas comme le sien, court et solide. Moi, je suis construite d'os et de peau. J'ai toujours peur de tomber. Ma pâleur ne rassure personne. Mon père dit souvent : « Ne te brise pas ! » Souvent il observe mes yeux pour y chercher la fièvre. C'est facile de lire dans mes yeux. Ils sont larges et très verts.

Mon père a beau répéter : « A chacun sa cadence », je sens ma mère désolée. Elle achète toujours des matières nobles pour me tailler des habits. Elle veut me recouvrir et me cacher. Lorsque j'enfile la robe et la cape de chevreau, je sens ses mains posées sur moi. Alors ce n'est pas le dégoût que je ressens qui me fait honte, mais ce qu'il révèle. Il me semble entendre mon corps cogner contre le tissu. Ma peau se hérisse. Mon corps tressaille comme les loups-garous quand la nuit tombe. Ils râpent le sol en soufflant. Ils quittent un monde. La forêt frémit d'une nostalgie rageuse. Sous ma robe se cache un animal qui flaire l'odeur de mort et que je m'obstine à faire taire.

Peut-être que je suis mauvaise. Non : je suis une chrétienne de treize ans qui se pose des questions. Qui imagine des choses. Lorsque je descends manger, je m'arrête un instant au milieu de l'escalier. Je regarde la grande salle. Le soleil y entre en cordes poussiéreuses. Chaque fois je le découvre : la lumière sent bon. Je sais bien que les servantes recouvrent le sol de fleurs coupées très tôt le matin, avant que les cloches ne sonnent. Leur parfum monte. Regarder à terre ne m'intéresse pas. J'ai le front levé. Pour moi, le soleil est odorant. Il déverse sa matière vivante, ondulante, comme une eau pleine de pétales.

Je n'en parle à personne. On pourrait me traiter de folle ou me punir. J'ai pris l'habitude de tout cacher. Parfois je m'échappe pour aller m'asseoir sous l'arbre de la cour. Je me tiens aussi droite qu'une porte. Pas un seul de mes cils ne bouge. Je ne fredonne aucune chanson. Je me tais, immobile. Très doucement, je frotte mes pieds l'un contre l'autre. Les sangles de cuir cèdent. J'appuie fort pour sentir la terre sur ma peau. C'est un froid bienheureux, une caresse fraîche qui remonte dans mes jambes. Si quelqu'un me surprend, il ne verra qu'une statue. Il se dira que les statues ne pensent pas et ne font rien. Mais moi, perchée sous mon arbre, je suis pieds nus. Je respire. Je regarde.

Ma ville est construite sur une petite colline. Elle a dévoré l'herbe pour y jeter ses escaliers, ses passages et ses rues étroites comme celle qui passe devant ma maison. J'habite en hauteur. Devant moi s'étend un tapis de carrés gris. Cette forêt de toits est percée au centre d'une tache claire, celle de la grande place. Je compte dix-sept églises dont les clochers s'élèvent comme des pointes. Plus loin j'aperçois le fleuve. Ma cour est un balcon sur la Meuse. C'est une amie. Je la regarde chaque jour. Sa couleur ne change jamais. Je ne sais pas d'où vient ce mélange de vert et d'argent. L'eau peut bouillonner sous la pluie ou s'alanguir en été, elle ressemble à une émeraude transparente. Un jour j'ai demandé à mes parents un bijou de la même teinte. Mon père a dit que c'était impossible : « C'est la couleur de tes yeux. Le fleuve est un voleur. »

D'en bas montent les coups des artisans qui modèlent l'étain. Ces coups ne s'arrêtent jamais. Eté comme hiver, la vallée résonne de ce battement métallique. Ici on naît et on meurt avec un marteau qui tape. On reconnaît un habitant à son pas saccadé, reprenant malgré lui la cadence des forgerons.

Ma ville porte un prénom court, qui ressemble à un cri de chouette : Huy, c'est un mot que l'on prononce vite. Il y a nuit, fuite et mourir dans ce nom. Mais il cache de fabuleuses histoires. Dans mes rêves, les trois lettres de Huy s'arrondissent pour gonfler comme des sacs. Ce sont trois lettres au ventre plein. Dedans, j'entends des légendes remuer. Elles sont vivantes. Elles ont des jambes, des queues, des bouches qui parlent toute la nuit. Elles veulent sortir pour façonner les pierres et bâtir des maisons. Les miracles ne s'apprennent pas dans les chapelles. Il suffit d'ouvrir les yeux. La main de Dieu est passée partout pour rappeler les morts aux vivants. Juste devant ma cour, il y a une église qu'on appelle Saint-Mengold. Mengold était un beau chevalier, neveu de l'empereur. Il renonça aux armes pour se consacrer à Dieu. Mais ses ennemis le retrouvèrent puis l'assassinèrent dans un bosquet. L'église veille sur son histoire, au pied de ma maison. Je le prends comme un honneur. Je n'oublie aucune mémoire. Je les respecte toutes. Celle d'Arlette, qui lavait le linge quand le duc de Normandie la vit pour la première fois. Leur enfant fut surnommé Guillaume le Conquérant. Ou celle de Johan Coley Malhars. Ce maçon combattit contre le comte de Louvain. Sa seule arme était un maillet. Il distribua les coups si brillamment qu'il fut adoubé. Il changea son nom, Maillart, en souvenir de son marteau. Lors de sa dernière bataille, il fut aveuglé par le sang coulant de sa tête.

Toutes ces légendes remontent du bas de la colline vers moi. Elles m'enveloppent de leur écho très doux. Je n'entends plus les coups des marteaux ni la cloche des bateaux qui accostent au bord du fleuve. Le vacarme de la rue s'arrête au bord de ma maison. Les chevaux, les cris, les processions, la pagaille des voisins, tout cela s'échoue au pied des murs. Je suis sous l'arbre pour écouter le tumulte du monde. Un jour j'entendrai un pas remonter la ruelle. Il franchira ce barrage et pénétrera dans la cour. Sans hésiter, une voix dira : « Enfin te voilà. »

Ces rêveries ne sont pas bonnes. Je le sais. Chaque jour on me répète ce que ma tête doit contenir mais ma tête ne parle pas le latin. « Un bon chrétien, dit-on, est celui qui obéit à l'Eglise. » J'essaie donc d'obéir. Fendre le noir et traverser la cour. Descendre les ruelles aux flaques luisantes. Oublier le froid tapi sous ma cape. Entendre la cloche, gravir les marches de l'église, m'asseoir. Trahir. Les prières me coupent la langue. Je dois aligner des phrases auxquelles on prête des pouvoirs magiques. Si je les prononce, paraît-il, j'engage le salut de mon âme.

Dans l'église, tout le monde récite les textes comme on déclare son nom. C'est quelque chose de familial. Dieu est un lointain cousin. Personne ne songe à remettre en cause une parenté. Moi j'ai toujours l'impression d'un cadeau, d'un don exceptionnel. Je dessine une petite fenêtre de fleurs et de lumière. Elle m'aide à vivre. Quelle joie ! J'ai souvent envie de rire, de danser parmi les bancs. Mais tout le monde a l'air grave, le menton baissé et les lèvres marmonnantes. Ce recueillement me tire en arrière. Il forme un mur transparent qui assourdit les voix. Parfois j'ai l'impression qu'une force invisible peut me projeter hors de l'église. J'aurai beau taper contre les portes, personne ne m'ouvrira. J'entendrai leur murmure tendre et bourdonnant, leur murmure aux mains propres. Qui se trompe ? Eux ou moi ? Peut-être moi. Oui, certainement, mes pensées m'affaiblissent.

Je prie, je répète les douze articles de la foi pour m'en prémunir. Peine perdue. Mes pensées éclosent comme des plantes vénéneuses, aux couleurs si vives qu'elles attirent l'œil. « Tu dois t'en écarter, me disent les gens d'Eglise, comme tu dois t'écarter des jeunes garçons et des vieilles folles. » Personne n'aime les vieilles folles. Ma mère les trouve « lubriques ». Dans l'ombre des rues, elles pointent leurs museaux. Certaines braillent des chansons obscènes le long des marchés. Elles inventent d'incompréhensibles prophéties. Parfois elles se grattent le ventre devant tout le monde. On leur jette des fruits pourris. J'ai beau savoir qu'il y a là un danger, je ne parviens pas à reculer. J'ai le sentiment de les connaître, ces vieilles impudiques, sans langage et sans âme. Mes pensées leur ressemblent : inquisitrices, un peu sorcières et debout, malgré la pourriture lancée à leurs pieds.

J'apprends à connaître mes pensées impures. Je les ai nommées : ce sont des « histoires ». Un jour je pourrai dire « j'ai mes histoires » comme on dit « j'ai mes douleurs ». Pour l'instant, je guette leur venue avec une angoisse heureuse. Elles viennent par-delà les murailles de la ville. Aucune église, ni cour, ni place, ne porte leurs noms. Personne ne connaît leurs sources. Elles glissent en moi. Ce sont des portes que j'ouvre en caressant.

Ces histoires, on les chante devant des grandes tables de château. On les convoque pour un banquet. Mais elles n'ont pas besoin de châteaux ni de banquets pour vivre. Elles divaguent de bouche en bouche. Moi, je les entends quand je passe devant les tavernes, sur les marchés, à l'entrée des églises et même dans ma cour, quand les servantes discutent en essorant les draps. Ce sont des récits d'amour. Ils sont peuplés d'hommes. J'entends les noms qui passent : Perceval, Uther Pendragon, ou Lancelot, élevé dans une île au fond d'un lac. Ils rejoignent Mengold et Maillart. Parfois je prononce à voix basse ces noms. Ils roulent dans ma bouche. Je devrais cracher mais ma gorge se serre. Je les avale. Ils dégringolent dans mon ventre comme des boules chaudes et rugueuses. Ils déploient leurs ailes tièdes.

Assise devant le feu près de ma mère, pendant que mes mains s'essaient à coudre, je pense à eux. Ils sont debout. Chaque fois qu'ils respirent, ils abattent un mur. Ils aiment le bruit et le sang. Ce sont des poètes qui saccagent. Leurs belles mains n'ont pas peur de tuer. Ces chevaliers se tiennent face à des vergers « ceints d'une muraille invisible comme l'air, mais résistante comme le fer ». Ce sont les mots exacts que j'ai entendus. Comment combattre l'air et le fer ? Je ne sais pas. Ces récits parlent aussi de lacs que l'on peut traverser uniquement grâce à un « pont sous l'eau ». Ils racontent des palissades surmontées de têtes coupées. Coupées par qui ? Pourquoi ? Je ne sais pas. Ça m'est égal d'apprendre l'origine des choses. Il y a, dans cette violence, une pureté qu'on n'apprend pas dans les églises. Je peux toujours craindre le diable ou baisser la tête devant l'évêque, comme ma mère. Ma foi n'a rien à envier à celle des papes.

J'observe ma mère, absorbée par son aiguille. Est-ce qu'elle porte des histoires au fond d'elle ? Je voudrais tant qu'elle me donne un conseil. Un jour je lui ai demandé d'où venaient ces récits qu'on entend çà et là. La voisine paie un conteur pour les veillées d'hiver, pourquoi pas nous ? Ma mère a haussé les épaules : « Il n'y a qu'une histoire à retenir, c'est celle de Dieu. » Pourtant, il y a les miennes. Elles n'ont que faire de la religion, de la couture ou des maris à trouver. « Juette ! » Ma chemise est tombée par terre. Ma mère se penche pour la ramasser. Elle m'ordonne de poursuivre. Impossible : cette fois j'ai replié mes doigts au creux de ma main, avec tant de rage que ma peau devient blanche.

A midi la couture s'arrête. J'ai le droit de sortir avec les servantes. Elles prennent des seaux et dévalent les ruelles jusqu'à la grande place. Leurs chignons rebondissent contre leurs nuques. Je les suis sans comprendre leurs éclats de rire. De toute façon, je ne comprends presque rien. Pourquoi bougent-elles leurs coudes quand passent les vachers ? Assises au bord du bassin, elles ont retroussé leurs manches. Leurs bras sont larges et blancs. Elles laissent traîner leurs mains dans l'eau. Leurs yeux font le tour de la place. Ils s'arrêtent devant la halle aux grains, passent devant le marché de fruits et légumes. L'air est plein d'une odeur animale. J'entends les veaux meugler de peur à chaque coup des forgerons. Le crieur public recouvre à peine le brouhaha. Les femmes sont à l'aise. On dirait qu'elles ont toujours connu le désordre. Elles se bousculent autour de la fontaine. Parfois une clameur retentit : un seau s'est renversé par terre. Mais il suffit qu'un garçon s'attarde pour que les femmes se détournent et rient. J'arrive à m'asseoir sur la margelle. Je les observe. Un coup de coude, encore. C'est certainement un salut secret, une sorte de sourire peut-être. Il faudra que je demande à Hugues. Lui, il sait toutes ces choses.

Je sens la présence paisible de la Meuse derrière moi. Aujourd'hui elle est calme. Un jour je marcherai le long d'elle, bien après Huy. Je passerai devant le château de pierres et de bois situé en bordure de la ville. C'est la résidence du prince-évêque lorsqu'il est de passage. Il ressemble à un homme d'armes bien plus qu'à un homme de Dieu. Mes chevaliers ne ressemblent pas à des soldats, et encore moins au prince-évêque. Ils sont comme le fleuve.

Je regarde l'eau de la fontaine. C'est moi. Avec ces épaules et ce cou, comment avoir l'air d'une femme ? Tout est trop mince, sur le point de casser. Si un chevalier passait maintenant, il ne me verrait même pas. Je devrais me contenter de leurs histoires. Parfois les servantes reprennent les récits entendus la veille. Mais aujourd'hui, elles sont trop occupées avec leurs coudes. Je me regarde à nouveau. Soudain mon reflet se décolle de l'eau. C'est moi, souple et transparente, qui me lève et qui enjambe la margelle. Je me fonds aux gens sur la place. Chaque corps traversé est une caresse froide. Personne ne me voit. Je monte les ruelles. Elles m'offrent leur silence. J'aperçois l'église. Un homme attend sur son seuil. Il est plutôt petit, très costaud. Il porte une armure. Il me tend une main gantée de fer. Pendant que je marche vers lui, je lève ma tunique. Le soleil d'automne souffle sur mes cuisses. « Juette ! » Les servantes s'apprêtent à partir. Je descends de la margelle. Le bruit est assourdissant. Je me heurte à des gens que je ne vois plus. Une servante prend ma main. Mon reflet marche à mes côtés, d'un pas léger. Il faut donc deux Juette pour me sentir entière.

Qu'est-ce que je vais devenir ? La voix de Hugues me revient en mémoire. Elle me promet que je n'irai pas en enfer. Elle dit : « Chacun dissimule un autre visage sombre et compliqué. » Et aussi : « Etre conscient de cette présence, cachée au fond de soi, permet déjà de savoir qui l'on est. » Je voudrais que Jésus ait la même voix. Je voudrais qu'il ressemble à mon ami.

Hugues n'est pas un homme, mais un homme pieux. Je le vois souvent. Nous parlons à voix basse. Pourtant nous sommes toujours seuls. Autour de nous il n'y a que le silence du cloître, celui de la bibliothèque ou de mon arbre, dans la cour.

Il m'apprend à choisir des mots simples pour parler à Dieu. Hugues n'appartient pas à l'église officielle. Il mène une vie de prière basée sur la règle de saint Augustin, sans l'enfermement. Ces religieux ne sont pas des moines reclus derrière leurs murs mais des chanoines réguliers, actifs et honnêtes. Il me semble tenir là une juste idée de la religion. Elle doit ouvrir le cœur et non l'assécher dans la pénombre des chapelles.

Son ordre s'est installé à l'écart, sur la route de Floreffe. J'aime ce chemin : il suit le bord de la Meuse jusqu'à ce qu'elle devienne Sambre. C'est un sentiment étrange que de marcher en confiance aux côtés d'une amie qui a perdu son nom. Comme si l'on pouvait découvrir encore une présence que l'on connaît si bien.

Hugues ne me juge pas. Je peux lui donner un coup de coude lorsqu'il me salue. Je veux juste savoir s'il connaît ce genre de signe. Il fronce les sourcils en souriant. A cet instant, son visage anguleux ressemble vraiment à un chat. Ses pommettes saillent et font ressortir ses yeux noirs, si noirs sur le blanc de sa robe. Il me demande où j'ai appris ce geste. Il m'explique que c'est une histoire de femmes, « ce que vous n'êtes pas encore ». Mais il ne se moque pas. Il est curieux et bienveillant.

Il est le seul à qui j'ai parlé de mes histoires. Il est même capable de m'en offrir. Moi, je n'ai pas de bibliothèque et je lis mal. J'ai demandé à ma mère si le prêtre pouvait m'apprendre mais elle a refusé. Elle dit qu'une future épouse a besoin d'un savoir-faire et non d'un savoir-lire. Je me suis tournée vers mon père, sans espoir, car il ne jure que par les chiffres. Le calcul passe avant la lecture.

Il me reste Hugues. Non seulement il sait lire, mais il dessine les textes. Il travaille au fond de la bibliothèque. Sa grande silhouette se plie pour s'asseoir devant un pupitre recouvert de parchemins et d'encres. Derrière lui, une planche supporte des bocaux de poudres bleue, rouge et verte, qui côtoient des fioles de lait, de miel ou de blanc d'œuf. Il y a aussi des pots remplis de calames, de plumes, et même de bambous. Ces instruments se déploient comme des tiges. J'y vois des bouquets d'un autre pays, où les fleurs sont en plume et en bois.

Hugues m'a expliqué que les plumes de cygne ou d'oie sont destinées aux arabesques, celles de corbeau dessinent les écritures fines. Il faut les tenir avec trois doigts. Je pourrais rester des heures entières à regarder des guirlandes rouges naître dans le ventre d'une lettre. Ou bien, et c'est mon image préférée, Marie et Jésus au sommet d'un arbre, à l'abri des monstres et des plantes devenues folles. J'observe les joues creusées de mon ami. Ses cils épais tressaillent comme si les couleurs aveuglaient. Ses longues mains bougent à peine. Elles ne touchent jamais la page, maintenues au pupitre par un poids. Où Hugues a-t-il appris à dessiner aussi finement ? Il fait apparaître les songes de Jacob, les visions d'Ezéchiel ou la Création du monde. C'est l'invisible qui surgit de ses mains.

Les manuscrits sont couchés à plat dans de petites armoires. Hugues m'incite à les choisir. Il m'offre un univers, celui des livres. Il me l'offre à moi, Juette, la tête sale de questions. Ici ma différence ne compte pas. Comment trouver une place au sein d'une telle noblesse, je n'en sais rien. Mais il suffit que Hugues me tende la main pour que j'avance. Je touche les livres. Je les prends. En fouillant bien, j'ai trouvé, entre les bibles, les livres de technique et les bréviaires, l'*Histoire des rois de Bretagne* de Geoffroi de Monmouth. Ce récit me secoue tellement que je n'ose pas écouter plus d'une page. Mais la dernière fois, Hugues m'a raconté jusqu'au bout l'histoire du chevalier à la Rose, ainsi surnommé à cause d'une cicatrice à la place de l'œil. Il l'a écoutée chez un marchand fortuné de la région. Ce dernier a commandé un spectacle mené par les troubadours. Hugues était invité. Il a retenu toute l'histoire. Depuis je la répète la nuit, à voix basse, en caressant les draps. Chaque pan de ce récit m'éloigne un peu plus de ce lit et du souffle de mes parents. Chaque mot déverse en moi un mélange de terreur et de joie.

« Juette, êtes-vous prête ? Asseyez-vous. Là. Le chevalier à la Rose est fou amoureux de sa mère adoptive, Gwenell. Imaginez une dame très belle, aux longs cheveux roux. Un soir, il la rejoint dans son lit. Mais son demi-frère, Gaon, se réveille à son tour. En réalité, c'est le silence qui perturbe son sommeil. Un silence anormal, qui nimbe le palais. Dans le ciel la lune est ronde et blanche comme un mauvais œil. Gaon monte l'escalier pieds nus. Il marche jusqu'à la chambre de sa mère. Il surprend les amants couchés l'un sur l'autre. Les deux corps ressemblent à un seul animal essoufflé, enveloppé dans des cheveux rouges. Frappé d'horreur, Gaon sonne l'alarme. Imaginez un homme lorsqu'il devient bête sauvage. Il fait enfermer sa mère dans une tour sans fenêtre. Il consacre sa vie à pourchasser le chevalier à la Rose. Il massacre, pille et tue, dans le seul but de le retrouver. Cela se produit des années plus tard. Les deux frères sont face à face. Le chevalier à la Rose parle le premier. Il demande clémence. Il porte une magnifique armure, son visage est en paix, lui, le héros qui a gagné bien des batailles... Et il se repent. Gaon le sanguinaire, Gaon l'aigri, le pâle, déjà vieux, se remet vite de sa surprise. Il refuse de pardonner : "Jamais, jamais", et ses mots, dit le texte, brûlent dans sa bouche. Il tire alors son couteau à la poignée garnie de perles et se crève l'œil, pour être à égalité dans la bataille. Elle aura lieu au lever du jour. Les frères borgnes, chacun marqué d'une rose de chair sur le visage, attendent le soleil. Soudain ils lèvent la tête : là-haut, enfermée dans sa tour depuis des années, Gwenell cogne les murs. Ils baissent leur heaume. Le combat est celui de deux lions. Il est si violent que les frères usent leur force. A la tombée de la nuit, ils titubent, couverts de sang et de poussière. C'en est fini. Ils jettent leurs épées pour s'étreindre avec une tendresse épuisée que seule la fraternité permet. Mais tous deux avaient prévu, et oublié, la même arme secrète : si un poids pèse sur l'armure, une lame jaillit. Les frères s'enlacent et aussitôt, les lames sortent, perçant la poitrine de l'adversaire. Ils meurent dans cette ultime étreinte, chacun ouvre le cœur de l'autre. Comment la trouvez-vous, celle-ci ? »

J'aurais donné n'importe quoi pour me cacher. Je sentais mon visage brûlant. Personne ne peut séparer la poésie de la violence. Elles sont les deux facettes d'un élan qui pousse à vivre et qu'il serait criminel de vouloir détruire. Les vrais fous, ce sont peut-être les esprits vertueux, comme ma mère. Ils effacent la vie, aveuglés par leur désir de ressembler aux anges.

C'est cela qui me plaît chez Hugues. Il a compris que mes histoires font partie de moi. Il ne viendrait à l'esprit de personne de juger quelqu'un selon sa couleur de cheveux. De la même façon, Hugues regarde mes histoires comme il regarderait mes cheveux ou ma main. A-t-il toujours été aussi bienveillant ? Je l'ignore. Hugues est très secret. Je ne sais pas d'où il vient. « A quoi ressemble votre mère ? Où étiez-vous avant l'abbaye ? Avant de rencontrer l'abbé Jean ?... » Hugues répond avec un sourire las, comme si ces questions n'avaient plus aucun sens. Alors je me tais. Ce déséquilibre parfois me fait peur. Car je lui dis tout, et il connaît bien ma famille.

Mon père aime bien Hugues. Il est si différent ! Mon père est petit et robuste. Sa barbe prolonge ses cheveux roux. J'ai toujours l'impression que sa tête est posée à l'envers. Il est né heureux. Il parle et il rit très fort. Mon père attrape ma mère pour danser avec elle avant de s'endormir ivre sur la table de la grande salle. Il veut de l'argent, du pouvoir, des événements. Il veut un miracle quotidien. Avec lui je n'ai pas peur de l'enfer.

Mon père ouvre ses bras. Il enlace Hugues, si grand dans sa robe blanche et tellement réservé : Hugues a une voix douce, une intelligence en éveil et tant de recul vis-à-vis du monde. Ma mère passe devant la table. J'attrape au vol ses sourcils froncés. Je sais qu'elle préfère l'évêque mais elle ne contredit jamais mon père.

Ces deux-là ne craignent pas Dieu. Ils s'entendent bien. Mon père baisse d'un ton et prend le temps de discuter avec Hugues. Chaque fois, il l'accueille en lui disant que lui, au moins, n'est pas trop gros ni trop riche. S'il devait donner sa fortune, dit-il, ce serait aux vaudois. « Mais j'hésiterais avec votre ordre, pour sa rigueur et son humilité », ajoute-t-il avec un sourire de brigand.

Je m'assieds derrière eux. Je les regarde. Mon père boit du vin. Hugues demande de l'eau. Mon père bombe le dos et s'enroule autour de son verre. Hugues se tient très droit, comme un gardien dans sa tour : « A propos de vaudois... » Et j'entends l'histoire de Vaudès, ce riche de Lyon qui a choisi la pauvreté pour protester contre l'Eglise.

« Les bourgeois ne sont jamais contents, proteste mon père.

— Mais vous êtes un bourgeois ! Et Vaudès était comme vous : trop habile négociateur. L'argent gagné sans sueur pèse lourd... Il a découvert la parole de l'Ecriture : *Si tu veux être parfait, vends tous tes biens, viens et suis-moi.* Il a distribué sa fortune, placé ses deux filles dans un couvent, et il est parti prêcher l'Evangile.

— Il a laissé ses deux filles ? C'est un crime.

— ... Au service d'une révolte. Vaudès critique de fond en comble les pratiques de l'Eglise. Il dénonce son système hiérarchique, l'homicide admis, les ventres des prêtres... Sa pensée gagne nos régions du Nord. Vous devriez vous y intéresser...

— Allons donc ! Et pourquoi ? »

Soudain le monde m'apparaît à la fois clos et infini, prêt à recueillir mes doutes. Les hommes ont le dos large. Ils protègent comme les remparts autour d'une ville. Peut-être que je suis dans le juste. Peut-être que la lumière a vraiment un parfum.

Quand Hugues s'en va, je l'accompagne dans la cour. Il fait nuit. Nous levons la tête. Hugues murmure : « Regardez. Tout ce que nous ne pouvons pas voir. » Il dit qu'au-delà du ciel, s'étend le royaume des anges et des bienheureux. Derrière il y a un autre cercle où furent jetés les mauvais anges. Enfin le dernier cercle, le ciel de pourpre où demeure Dieu. Je me couche avec ces paroles. Ma poitrine et mes jambes s'alourdissent. Le poids de ma vie leste mon corps d'une force nouvelle. J'existe enfin, sans savoir si ce bonheur vient de Dieu, des mots de Hugues ou simplement de ses yeux noirs.

Mes parents et moi dormons dans le même lit. Et nous sommes tous nus. Parfois la jambe de ma mère frôle la mienne. Sa peau me dégoûte. De toute façon, je n'aime pas être nue.

Je garde les yeux ouverts dans le noir. Je laisse remonter mes histoires lentement, comme autant de bulles d'air qui s'élèvent dans l'eau. Avec elles, je suis sûre de ne pas me transformer la nuit. Alors ressurgit ce trésor caché au fond de moi. Le chevalier à la Rose tourbillonne et s'enfonce dans un lac. Les vergers invisibles frémissent. Les chevaliers se tiennent face à des ponts engloutis. Il flotte une promesse lourde et tendue. Je sens mon dos se raidir sur les draps. Je replie mes jambes sur ma poitrine. Je lèche mes genoux. Mes mains serrent mes pieds. Combien sont-ils ? Nombreux. Alignés comme les pierres d'un mur. Les chevaliers sont persuadés d'être au bon endroit au bon moment. Ils n'éprouvent ni peur ni inquiétude. Quelle force ! A ce moment de leur vie, ils sont en parfait accord avec eux-mêmes. Voilà pourquoi la mort leur apparaît dérisoire.

Je les comprends. Moi non plus, je n'ai pas peur. Ici les enfants sont à peine nés qu'ils repartent. Les autres doivent affronter famine, maladies ou guerres. Non, ce qui me fait peur, c'est d'aller en enfer.

Je pense à la voix basse de Hugues. Je lui ai raconté mon rêve. Une femme marche dans un verger, le long d'une petite rivière. Ses cheveux dénoués recouvrent sa tunique blanche. Elle avance pieds nus dans l'herbe. Comme ce doit être agréable ! Elle sourit. Le silence est celui du matin, ou peut-être est-ce cette lumière farineuse qui m'y fait penser. La femme marche en paix, entre l'herbe et l'eau. Soudain elle entend le galop d'un cheval. Le grondement des sabots enfle. Il devient de plus en plus fort, jusqu'à secouer la terre. Les arbres tremblent à chaque secousse. Certains fruits se détachent des branches. La femme ne bouge pas. La dernière image est son visage qui se tourne vers moi, souriant, alors que derrière retentit le vacarme. Lorsque je me réveille, les draps sont trempés. Mon souffle résonne dans la chambre. Une main chaude se pose sur mon front. Mon père dit : « Tête d'oiseau. » Il m'embrasse les cheveux. Puis il retourne dormir.

Notre porte reste ouverte même la nuit. Chacun est libre d'y entrer.

A l'aube, je descends l'escalier. Le bois craque sous mes pas. Je m'arrête toujours au milieu. Je surplombe l'entrée de l'abbaye. La porte ouverte laisse entrer la brise. Elle dessine un grand rectangle blanc, comme si la lumière avait découpé les pierres. Je sais, d'un seul coup d'œil, si la nuit a été froide. Il me suffit de compter les taches noires qui parsèment le sol. Je ramasse les oiseaux morts qui n'ont pas su ressortir. Combien de fois se sont-ils heurtés aux murs ? Maintenant ils gisent sur les petits carreaux de terre cuite. Certains ont rebondi contre l'énorme porte en chêne qui ferme la chapelle. Je les retrouve dans le jardin. D'autres ont volé vers l'escalier pour mourir sur les marches. J'irai les enterrer après la messe.

J'aime le silence du réfectoire, juste avant que l'abbé Jean, placé au centre, ne donne le signal. Alors naissent ces bruits tamisés, doux comme la voix d'un ancêtre. Nous prenons chacun nos écuelles et nos pains. Le règlement impose de boire sans bruit, de contrôler ses gestes, en parfaite discipline. Nos esprits sont occupés par le texte qu'un frère lit à voix haute.

L'abbé Jean veille sur cette fraternité. Deux cierges sont placés devant lui. Nous nous levons lorsqu'il arrive. Nous nous inclinons sur son passage. Lorsqu'il se rend à la chapelle, pour la réunion quotidienne, j'insiste pour porter une lumière devant lui. Je l'éclaire, mais c'est lui qui m'accompàgne. Je lui dois tout.

Mon maître est petit mais il avance comme un colosse. Ses gestes sont lents et vifs à la fois. Il peut s'étonner de tout. Il épie, traque, feuillette, s'interroge et se pose enfin, chargé de questions, pour réfléchir en silence. Peut-être que la vraie sagesse c'est l'art de s'agiter ainsi. Je suis sûr que sa petite taille et son crâne lisse sont dus à cette activité. Rien ne pousse quand la tête fonctionne si vite. Un jour je lui ai dit : « Vos cheveux ont oublié de sortir, votre corps aussi ! Vous êtes trop occupé pour ça ! » Quand je l'ai rencontré, je dormais en bord de route. Il m'a offert un toit et un savoir. Il cite Aristote comme l'Ancien Testament. Sur sa table, à côté de son lit, on trouve la Bible et les écrits scientifiques. Il est persuadé que l'avenir saura concilier la foi et la raison.

L'abbé Jean rayonne. Si moi je suis solitaire au point d'oublier le son de ma propre voix, mon maître compte de nombreux amis. Les invitations viennent de toutes parts. Séminaires, discussions, rencontres... Est-ce possible que le partage soit ainsi une priorité ? Je vois se dessiner une géographie de l'intelligence, tapie dans des régions dont je ne connais même pas l'emplacement. L'abbé Jean ne peut pas aller partout. La plupart du temps, il se réserve pour Paris. Là-bas réside son meilleur ami, maître Amaury. Ce théologien a ouvert son enseignement aux laïcs. Ils parlent de logique, d'art et de Dieu. Je donnerais beaucoup pour assister à ces entretiens.

Contrairement à d'autres, l'abbé pense qu'une abbaye doit s'ouvrir. « Il n'y a pas un monde du dehors, corrompu et violent, qui s'arrêterait à nos portes, dit-il. Il y a un monde, unique et infini, que nous habitons comme il nous habite. » Avec lui je peux copier des livres de médecine, d'art ou des récits de chevalerie. Il nous incite à aller en ville, dans le but secret de persuader la ville entière de se rallier à nous... Tant que je représente mon ordre, et que je parle en son nom, je peux donc voir Juette.

Je viens après la messe du matin ou en fin d'après-midi. Ma carriole descend la colline pour suivre le cours de la Sambre qui devient Meuse. Je roule au bord du fleuve bordé de champs. J'entends au loin les coups de marteau. Les arbres sont jaunes. Les moulins tournent. Je passe devant les vignerons. C'est une route d'eau, de métal et de vent qui m'accompagne chez Juette.

J'évite la grande place. Elle est trop bruyante. Je laisse ma carriole devant le pont, juste devant le marchand de poudre, comme dit Juette. Je grimpe les ruelles. Quand j'aperçois l'église, j'aperçois déjà un peu mon amie. Elle adore l'histoire du chevalier Mengold. Sa maison est juste derrière. Devant la cour, je m'arrête toujours pour l'observer. Je regarde son buste mince, très droit. Ses yeux sont ailleurs. Elle ne lit pas. Elle ne chantonne pas non plus. Juette est assise là, sous un arbre. Personne ne sait pourquoi.

Je m'assieds près d'elle. J'ai vu deux petits pieds blancs disparaître sous sa robe. Je ne dis rien. Quand il faudra partir, je sais qu'elle se tordra un peu sur son banc, le temps de remettre ses chaussures. Pour lui laisser le temps, je me tournerai vers la ville et je ferai semblant de contempler le paysage. Ou je déballerai mes achats, pour le plaisir de la voir tourner et retourner les pots d'azurite, de craie ou d'indigo.

Pour l'instant, j'attends qu'elle se tourne vers moi. Elle a de grands yeux verts frangés de cils roux. Ses cheveux ressemblent à une boule de cuivre posée sur sa nuque. Chez elle, tout tremble. Juette a une inquiétude à fleur de peau, qui ressemble à l'imminence d'un danger. Elle se tient à l'affût, persuadée que le diable va surgir d'un instant à l'autre. Elle sursaute. Elle jette des coups d'œil par-dessus mon épaule. Elle peut aussi rester immobile, très pâle, comme si le sol allait s'ouvrir sous ses pieds. On ne comprend pas Juette sans cette intuition du carnage, qui prend parfois toute la place.

Elle n'a pas la culture de l'abbé Jean mais elle est aussi intelligente que lui. C'est une intelligence inquiète, un peu sauvage, qui glisse sous les choses pour les retourner. Moi, je suis bien sage à côté. J'ai mes lectures, mes doutes. Rien de comparable avec cette force animale, capable de sentir sans commenter.

Nos entrevues l'apaisent. Je le prends comme un honneur. De façon générale, Juette n'a confiance en personne. Elle dit souvent : « J'ai peur de devenir folle. » Je la rassure : chacun dissimule un autre visage, sombre et compliqué... Ce genre de choses. Je lui mens. Je pense qu'elle est déjà un peu folle. Mais fût-ce au prix d'un mensonge, vouloir protéger quelqu'un est d'abord un acte de charité.

Un jour, elle m'a dit : « J'irai en enfer. Mais si je raconte une histoire au diable, celle de Maillart ou celle du chevalier à la Rose, je suis sûre qu'il me laissera partir. » Je lui répète que la foi la protège de tout. Elle peut donner tout son argent aux prêtres, comme ils le demandent, ou partir en pèlerinage, rien ne garantira sa place près du Christ, sauf de croire. Je lui apprends le langage du cœur lorsqu'elle s'adresse à Dieu. Le même langage qu'elle emploie pour parler de ses « histoires », comme elle dit.

Ses histoires... Elle y tient énormément, mais elle a très envie aussi de les détruire. Saura-t-elle jamais à quel point me touche ce résidu d'enfance, aussi tenace qu'un fond de marmite ? Juette l'ignore mais elle me montre l'essentiel de la religion : cette part d'enfance qu'il faut porter en soi pour se montrer confiant et s'en remettre à une puissance supérieure. Ces chevaliers sont des apôtres. Leur quête est celle du Bien. Mis à l'épreuve, capables de miracles, ils suscitent la ferveur. Je ne vois pas grande différence entre la Bible et les chevaliers. Je ne sais pas si elle le comprend. Elle doute beaucoup. Juette, ce sont deux sourcils minces qui se lèvent pour demander : « Comment font les autres ? » Alors je lui demande comment elle fait, elle, parce que c'est elle la plus importante.

Mon père est receveur des impôts que l'évêque de Liège lève dans le pays. Cet évêque me regarde bizarrement. Ses yeux sont clairs et languides. Ils parcourent lentement mes bras, descendent jusqu'à mon ventre. Mon père détourne les yeux. Je sens qu'il pourrait fendre le sol d'un coup de pied.

Il n'aime pas l'évêque, et encore moins ses yeux posés sur moi, mais il aime l'argent. Tout le pays aime l'argent. Je crois que cette richesse rend les hommes fous. D'une main, ils achètent la laine d'Angleterre, du métal pour les émaux. De l'autre, ils exportent des draps. Je vois des ateliers partout. Jusque dans les cuisines, les femmes tissent sous le regard des ouvriers devenus commerçants. Mon père a l'air très heureux. Il consacre son temps à des tractations financières. Il loue des étals sur les marchés et négocie des faveurs épiscopales. Même les membres du clergé commencent à le jalouser.

Ce vacarme ressemble à une fête dont je me sens exclue. La joie me rend triste. Je n'ai pas ma place. La bibliothèque de Hugues me manque. On m'y accueille sans effusion, alors qu'ici, je ne reconnais plus rien. Ma petite ville ressemble à une fille laide qui se laisse aller. Des remparts, des ponts, des beffrois : Huy est épaisse et dorlotée. Elle peut devenir arrogante. Ceux qui l'arpentent sont des chanoines et des usuriers, autant dire les mêmes. A Liège, les chanoines, convaincus d'être supérieurs au reste du monde, ont même refusé de participer aux frais de construction d'une nouvelle enceinte. Pour protester, ils n'ont pas célébré la messe ! Parfois on entend, dans les rues, chanter des satires que mon père fredonne ensuite à voix basse. On y raille les clercs vaniteux, qui « surboivent » et « surmangent », pire, dit mon père : qui salivent sur les femmes.

Ma ville n'est pas seule à enfler. Partout, les hommes ont découvert qu'ils avaient des mains. Ils se prennent pour Dieu. Ils construisent des ports, des villes, et surtout, des cathédrales immenses. Pour moi, il y a quelque chose de sale. Je ne comprends pas pourquoi l'Eglise accepte ces bâtiments. J'ai entendu mon père raconter que les vitraux portent la signature des artisans, le plus bas possible, directement sous le nez du visiteur. Un chrétien est un client, a-t-il dit en riant. Mes vilaines pensées s'ébrouent. A quoi servent ces grands édifices ? Il faut être stupide pour vouloir égaler le ciel. Croire en Dieu, c'est déjà construire sa propre cathédrale, invisible. On n'a pas besoin de l'extraire de soi pour la planter sur un parvis.

Je décide d'en parler au prêtre. L'église embaume un mélange de fleurs et de moisi. « Juette ! » Le prêtre remonte l'allée, les bras ouverts. Je pense à ce qu'on murmure en ville : on dit qu'il fait venir, à l'aube, des paroissiennes dans son lit. Je me demande s'il palpe leurs corps comme le fait ma mère. Ensuite, il leur interdit de se confesser par peur d'être dénoncé.

Nous sommes assis sur le premier banc, face à l'autel. Nos murmures résonnent contre les pierres. Le visage rond du prêtre s'approche du mien, si près que je distingue les fils de soie sur sa chasuble. Des boucles grises bordent son front blanc.

« Vois les cathédrales comme de grandes églises. Comme d'immenses bougies dans l'obscurité », conseille-t-il d'une voix râpeuse qui me rappelle les draps de mon lit.

Je le regarde sans comprendre. De grandes églises, soit. Mais pourquoi ouvrir les portes à tout le monde ? Car on n'y vient pas seulement pour prier. On y circule, on y mange, on y couche. Les gens sont suivis par leurs chiens. Est-ce qu'un chien croit en Dieu ? A-t-il besoin d'immenses bougies pour triompher de l'obscurité ? Le prêtre regarde ailleurs. Il croise ses mains sur son ventre. Elles sont petites, aux ongles noirs. Ce sont ces mains qui touchent les femmes.

« Tu délires », grince-t-il.

Les mauvais chrétiens délirent toujours. Les mauvais chrétiens ont des questions simples. Est-il normal que l'église devienne parfois un lieu de débat et résonne de querelles ? Ou qu'elle se transforme en salle des fêtes ? Moi qui suis obligée de suivre mes parents, je déteste ces jours entiers consacrés aux Mystères. Je n'aime pas non plus la Nativité, l'Epiphanie, la Chandeleur, Pâques ou les vendredis saints. Il ne me viendrait jamais à l'esprit de fêter mon amitié avec Hugues ! Alors pourquoi fêter un lien aussi intime entre soi et Dieu ? S'il doit y avoir blasphème, il est là : à force d'enrober une certitude de bruit et de couleurs, on risque de l'abîmer. Combien, à force de confondre église et échoppe, ne savent plus en quoi ils croient ? Le prêtre ne me répond pas. Il fixe l'autel. Son profil est celui d'une buse blanche et obèse. Puis il tousse et me dévisage enfin.

Plus tard, il se déplace jusque chez mes parents. Je perçois des bribes depuis l'étage. Je m'agenouille. Entre deux planches de bois, je vois le haut de son crâne couvert de cheveux gris. Le prêtre est venu avec le sacriste et le doyen de l'église. Tous les trois, ils se tiennent devant la grande table, face à mes parents. Je colle mon oreille au sol. J'entends : « ... Abandonnée en paroles. » Je ne bouge pas. « Juette ! » Ils sont partis. Ma mère pleure devant le feu, en répétant qu'aucun mari ne voudra de moi. Mon père tapote la table. Sa barbe rousse tremble de colère. Je ne l'ai jamais vu aussi beau. Je me demande si les chevaliers ont des barbes. Il faudra demander à Hugues. Je n'écoute rien, sauf : « Tiens ta langue. Le clergé, lui, tient la bourse. »

Le lendemain, penchée sur mon travail de couture, je me suis sentie très loin de ces hommes d'Eglise. J'ai pensé que les grandes vérités sont toujours un hasard. Si, un jour, je croise un chevalier en quête de verger ou de pont sous l'eau, je saurai comment me présenter à lui. « Qui es-tu ? » demandera-t-il, et j'aurai la réponse. Elle viendra du reproche d'un prêtre. Je dirai, fière et sans une hésitation : « Je suis abandonnée en paroles. »

Certains soirs, mon père invite à dîner des membres de la collégiale. Il convie aussi Hugues. Mais il refuse toujours, arguant de lectures à finir ou d'évangéliaires à orner.

On dispose des bougies dans la grande salle. On recouvre le sol de nouvelles fleurs. Mon père exige des tapisseries sur les murs, « comme chez les nobles », dit-il. Il rit tout seul. Moi, je me sens un peu triste. Je n'aime pas cette agitation. Quand mon père accueille les rôtissiers, il m'aperçoit assise dans mon coin. Il s'approche. Il pose sa main sur ma tête. Durant toute la discussion, il reste près de moi, sa main sur mes cheveux. Je voudrais qu'il ne l'enlève jamais, mais il finit par dire : « Juette, va prévenir ta mère. »

Elle marine dans sa baignoire en bois. Ses mains sont appuyées contre le bord de molleton. Son visage luit. Dans l'air flotte un parfum d'huile de pêche et de romarin. Mon père m'a promis qu'il me ramènerait un flacon. Il l'a acheté à un marchand de Jérusalem. On dit que c'est une ville lointaine qui appartient aux chrétiens.

Ma mère entoure son front d'un ruban et sa taille d'une longue ceinture de cuir qui rebondit sur ses jambes à chaque pas. Une guimpe de soie recouvre ses cheveux. En bas, les servantes cavalent dans une odeur de viande. La maison est en fête. Je n'ai pas le souvenir de quelqu'un fournissant pareils efforts pour moi.

« Tourne-toi. Là, donne-moi ton bras. Juette ! » Ce soir, ma mère a choisi une robe en toile de Reims qui souligne ma maigreur. Les manches sont si longues et évasées que je dois les nouer pour ne pas marcher dessus. Je voudrais que ma mère l'ait cousue avec amour. Mais il n'y a pas d'amour entre ses mains, même lorsqu'elle me coiffe. Elle dit : « Si tu avais été rousse, comme ton père. Mais ce mélange de blond et de roux, aucun mari n'en voudrait. C'est si laid que je l'enferme. » Debout derrière moi, elle tord mes cheveux, les roule dans ma nuque puis elle recouvre le chignon d'un foulard. Je ferme les yeux. A mi-voix, très vite, je récite les douze articles de la foi, suivis des énoncés des dons du Saint-Esprit. Je ne veux pas que mes pensées m'envoient en enfer.

Les hommes du chapitre Notre-Dame arrivent les uns après les autres. Je les vois traverser la cour. Ils avancent comme des empereurs. Hugues se demande toujours pourquoi la réforme grégorienne n'a pas pris pied dans ce diocèse. Moi, je commence à croire que l'Eglise n'a rien à voir avec Dieu.

La table est recouverte d'une toile brodée. Les fleurs entourent les chandeliers de cuivre. Les couteaux brillent. Chacun prend sa place. Pour ces messieurs, ce sera pain blanc, volailles aux châtaignes, sangliers, truites à la fleur de safran. Très vite, la chaleur et l'alcool engourdissent les têtes. Les servantes me passent des tonneaux de vin. Mon père crie : « Du grenache ! La pervenche de tous les vins ! » La tablée s'effondre de rire. Parfois, mon père me fixe. Nos regards se mêlent. Je sais bien ce qu'il pense : « Tête d'oiseau, ne me blâme pas, mes affaires passent avant tout. » Face à l'ironie tendre de ses yeux, je lui pardonne. Je sers le vin. Je fais un pas en arrière et je les observe.

Les hommes de Dieu se goinfrent. Pourtant ils ont lu les textes qui imposent une purée de pois le soir, une autre de fèves à midi. Alors comment expliquer ces ventres ronds et tendus ? Ils ont des allures de femme enceinte. Je me souviens que ce sont eux, les amis du Christ. Quelque chose ne va pas. Je voudrais en parler à mon père. Lui dire : « Tu as remarqué ? » Mais il est occupé à manger. Des morceaux de viande restent accrochés à sa barbe. Lui aussi, il triomphe. Je crois que, pour lui, la religion est beaucoup plus simple. En échange de prières pour le salut de son âme, mon père comble les gosiers. C'est un commerce. Un geste marchand. Je suis incapable de ça. Pourquoi suis-je toujours si compliquée ? Il faudra que je demande à Hugues.

Quelqu'un crie : « Un salut pour la pitance ! » A nouveau, la tablée rit. Debout dans le coin de la pièce, je les regarde. Le prêtre, celui qui croit aux cathédrales et qui couche avec ses paroissiennes, affiche un grand sourire. Il mange avec ses doigts. Ce sont ces mêmes doigts qui me béniront. Ils ressemblent à ceux de ma mère. Subitement je me jure de les mordre. Il le faut absolument, comme si ma vie en dépendait. C'est un ordre du ciel. Je dois d'abord m'entraîner avec ma propre main. Elle passe sur mon front et très rapidement, ma mâchoire attrape mes doigts. C'est ainsi que j'arracherai les siens. Ma bouche sera pleine de sang et pourtant, c'est moi qui serai sauvée. Je suis compliquée, différente ? Ils ne croient pas si bien dire. L'église hurlera de frayeur.

Je ne lâcherai pas prise. J'attendrai que le prêtre me supplie, d'une voix cassée par la douleur. Comme personne ne me remarque, je continue. Ma main passe sur mon front, je la mords. Admirez une abandonnée en paroles : le coude tordu, la tête en arrière et les doigts dans la bouche. Alors j'entends la voix de mon père qui tonne : « Juette ! » Tout le monde me regarde. Les serviteurs de l'Eglise arrondissent leurs bouches luisantes en une expression scandalisée.

Ma mère agrippe mon bras et me pousse vers l'escalier.

Aujourd'hui je me suis réveillée seule. Ni la prière, ni la toilette à l'eau froide n'entament cette joie au creux du ventre. Au moment de passer la porte, j'ai envie de sauter. Il existe une frontière invisible, située au seuil de la maison, que je traverse toujours en aveugle. Sauf aujourd'hui. Aller à la foire signifie briser la cadence identique des jours. Ni couture, ni devoirs, ni visites de paroisse. Je vais m'emplir d'histoires glanées au fil des rues.

Je marche vers elles, le cœur battant. Je traverse un verger. Ma cape de chevreau tombe comme une mauvaise peau, suivie du bonnet de lin. Ma tunique n'est plus l'ouvrage de ma mère. C'est une robe en soie de Damas, serrée à la taille et plissée jusqu'aux pieds. Je porte un manteau de vair fermé par une chaînette en or, le même or qui serpente entre mes cheveux libres. J'ai un vrai corps de femme, avec des cuisses solides et de larges épaules. Je suis belle. On m'attend. Mes histoires m'attendent, pleines de chevaliers, et je ne veux décevoir personne. Trop tard :

a-t-on déjà vu une jeune fille venir à la rencontre d'un chevalier, la main tirée par celle de sa mère ?

Mon bonnet me gratte. Ma cape traîne par terre. Je trébuche, mais la cadence ne ralentit pas. Nous passons devant l'église Saint-Mengold. J'essaie de m'agenouiller brièvement. Je manque de tomber. J'entends le bruit des marteaux qui s'approche, le raclement des bêtes, la cloche du pont, le murmure de la foule qui, soudain, nous enserre comme une ronde. Ma mère ne regarde rien. Elle ignore les groupes dc marchands rentrés de voyage. Les gens se pressent autour d'eux. Je voudrais tant les entendre ! Je tourne la tête pour les apercevoir. Certains arrivent de la Champagne, un pays aux foires démesurées, traversées par des langues différentes. Mon père dit qu'on y rencontre des marchands du nord de l'Italie, qui arrivent eux-mêmes d'Orient. Il y a ceux qui ramènent du sel, ceux qui racontent les marchés aux grains du Nord, ou les nouvelles routes qui traversent la Rhénanie. Leurs mots tracent la carte du monde. A les entendre, le ciel est un drap que l'on soulève.

Les étals défilent sous mes yeux. Les émaux, les fruits, les légumes et les pelotes de fil forment un ruban de couleur. La foire grimpe le long des rues étroites. Elle envahit les cours. Elle pousse les gens dehors. Le buste droit, ma mère ne me lâche pas la main. Mes mollets cognent des oies, des poules et des cochons. Je passe devant des filles de mon âge. Elles sont avachies sur les bancs. Certaines portent des paquets de linge sur la tête. Une autre gronde un âne qui refuse d'avancer, bloquant le carrosse d'un noble. Ma mère jette un œil vers la fenêtre de la voiture, prête à saluer.

Devant les tavernes, les hommes boivent du vin. Leurs mains fendent l'air pour se signer lorsque passe une procession. Ma mère s'immobilise pour honorer les reliques. Moi, je regarde ces mains énormes. Elles saluent, jettent des dés, essuient les lèvres, comme une danse d'oiseaux lourds. Derrière, dans l'obscurité des tables, retentit une voix grave : « Je veux mourir à la taverne/L'âme morte quelle importance... » Le chant s'interrompt quand passent les reliques. Je n'ose pas détailler leurs visages. Je me demande si, en dessous, les hommes sont aussi poilus que leurs mains.

Ma mère connaît son itinéraire. Elle s'arrête d'abord devant l'étal d'un pelletier. Elle palpe les fourrures. Ensuite elle se dirige vers le drapier. Puis l'apothicaire et enfin l'orfèvre. Nous sommes presque arrivées sur les quais. Le pont ressemble à une corde mince qui retiendrait Huy près du bord. Il est envahi par la foule qui disparaît sous la grande porte pour ressurgir dans la ville. L'eau brille et se cabre comme si elle avait perçu l'agitation au-dessus d'elle. Je pense à la mer. Je l'imagine plus large encore que la Meuse. Les marchands racontent qu'elle est bordée de nappes de sable. Quel bruit fait l'eau quand elle atteint le sable ? Est-ce un murmure, un grincement, un bruit terrible ? Tandis que ma mère achète, je repère les attroupements. Je laisse traîner mes oreilles. Mais je n'entends que les braillements d'un prédicateur contre les vices du monde.

Nous remontons lentement les rues minces. Une vieille folle est collée contre le mur. Elle harangue la foule. Je la trouve radieuse et effrayante. Sa gorge est couverte de poussière, comme le bonnet de coton qui recouvre ses oreilles. Ses cheveux gris et emmêlés tombent jusqu'à ses pieds. Ils sont si sales qu'ils ressemblent à des pattes de chien. Il n'y a pas de différences entre une sorcière et un apôtre. Je devrais en parler à Hugues. Non, cette pensée est stupide, car les apôtres ne terrifient personne. Quand la vieille folle plante ses yeux sur moi, j'ai si peur que j'oublie de marcher. Mais je la regarde, moi aussi ; je ne peux pas faire autrement. Je regarde sa bouche s'étirer vers le haut. Je reconnais le sourire. Ce n'est pas possible. La dame de mes rêves est si belle... A ce moment, j'ai le sentiment que quelque chose, dans le monde, se disloque. Tôt ou tard, chacun a sa part de dislocation, et c'est maintenant que j'entame la mienne. Je devrais me signer ou bien courir, mais je ne peux pas bouger. Je pense à Hugues. La vieille tourne la tête vers le mur. Elle la retourne vers moi. Je n'ai qu'une envie : marcher vers elle. « Juette ! » Ma mère me tire le menton. La sorcière se dilue dans la foule. Je heurte un enfant, puis deux. Une femme renverse son panier de jonc sur les pieds de ma mère. J'éclate de rire. Que j'aime ce désordre !

C'est alors que j'entends la voix d'un baladin. Elle chante l'amour de Lancelot pour Guenièvre, et « comment ce chevalier monta dans une charrette ensorcelée, qui le conduisit, à travers les Enfers, jusqu'à sa reine prisonnière ». Je connais ces noms. Voilà que mes histoires m'appellent. J'entends une porte qui s'ouvre. Un frisson me secoue le corps, si violemment que je lâche la main de ma mère. Une confrérie de paroisses s'interpose entre elle et moi. Je bénis les pénitents d'avoir choisi cette route. « Juette ! » La foire engloutit la voix de ma mère. Elle m'avale à mon tour.

Le conteur musicien ponctue ses phrases de quelques notes de flûte. Il porte un costume rayé de couleurs vives. Il bouge, plie ses genoux, écarte les bras. Il mime la hardiesse du chevalier. Le public est muet d'adoration. Voici Lancelot, au service de la reine, franchissant le pont de l'Epée. Il lutte contre Méléagant. Il a le dessous, jusqu'à ce qu'il tourne la tête. Il aperçoit Guenièvre, qui, du haut du château, suit le combat. Il trouve alors la force de vaincre. Le baladin conclut qu'après toutes ces épreuves, le chevalier est admis dans le lit de Guenièvre. Mais, blessé, il souille les draps de son sang, « comme Tristan souilla de son sang le lit d'Iseult » : la passion adultère appose ainsi son sceau. « Juette ! » Le baladin passe en secouant son chapeau. Les pièces tintent.

« Remerciez Chrétien et Marie, fille d'Aliénor d'Aquitaine, de permettre ces belles histoires, d'Angleterre à Huy... » On me tire en arrière. « Juette ! » Ma mère est furieuse. Sur le chemin du retour, elle crie. Je n'entends rien. Guenièvre était mariée ! Et qui sont Tristan et Iseult ? Et qui est Aliénor d'Aquitaine ?...

Elle n'a que des questions à la bouche. Personne, autour d'elle, ne peut y répondre. Il est horrible, ce cri lancé en vain. Je sais ce que Juette ressent. Je le sais exactement : je suis le plus jeune moine de l'abbaye.

Je considère l'abbé Jean comme mon père, avec toutes les erreurs qu'un père peut commettre. Son engagement l'accapare. Il s'agite beaucoup pour que l'Eglise reconnaisse notre ordre. Je me souviens de sa ferveur quand il a signé, avec maître Amaury, une lettre au pape pour affirmer nos différences. Il était dans le jardin. Il ouvrait les bras, tourné vers la vallée. Il ressemblait à un petit bâton planté en terre. A sa main, la lettre battait dans le vent. Et quel sourire de ravissement ! Pour cela, je l'admire, mais je vois bien aussi que ma soif de discussion l'indispose. Il ne me reproche rien mais son front se plisse jusqu'en haut du crâne. A quoi peut lui servir un cadet qui a envie d'apprendre ?

Etourdi par son savoir, je me contente de retenir des bribes. Mises bout à bout, elles forment un refuge clos dont je me souviens le soir, seul dans ma cellule. Un refuge où se confondent la cartographie, le quadrivium d'Aristote, la volonté divine. Tout y est com-

plémentaire, à l'image du monde créé par Dieu. La science est poussée par la foi, elle-même tirée par la science. Ainsi dois-je comprendre l'astronomie, capable de structurer le temps, celui des prières comme celui des fêtes religieuses.

J'apprends un monde nouveau. « Un monde de tolérance et de progrès », affirme maître Amaury lorsqu'il vient à l'abbaye. L'abbé Jean soutient son épaule pour qu'il descende de la carriole. Les deux hommes s'étreignent sans un mot. Puis ils restent face à face, immobiles. Ils se regardent. Seuls au monde, ils paraissent touchés par la grâce.

Ils se dirigent lentement vers l'abbaye. Ils parlent très bas, déjà absorbés par leurs discussions. Chacun regarde à terre, les mains nouées dans le dos. Parfois l'un d'eux relève la tête et hoche la tête. Je les observe. Comme ils se ressemblent ! La même silhouette sèche et noueuse. Le même pas calme dans un jardin, marquant l'avancée immuable de l'intelligence. Ici m'apparaît la main de Dieu qui semble avoir tracé leur chemin. Je leur emboîte le pas. Je me joins à eux aussi discrètement que possible.

Nous nous installons dans la bibliothèque. Maître Amaury se dirige toujours vers le fond, là où nous copions et enluminons les livres. Il observe nos travaux en se parlant à lui-même : « Plus petit le livre. Plus maniable. Je dois les accrocher aux pupitres par des chaînes. Sinon les élèves les volent. Le parchemin, trop épais. A Padoue, ils ont des pages blanches et souples. Je vous en apporterai la prochaine fois. » Son regard gris s'étire. Comme l'abbé Jean, il est fait d'un mélange de détermination et de douceur.

Il prend place face à mon maître. Je n'ose pas l'imiter. Debout derrière eux, je les écoute. Je n'en perds pas une miette. Maître Amaury entame toujours le dialogue : « Penser que Dieu fait obstacle à l'émergence de la pensée, voilà un crime haïssable.

— La pensée est plurielle. Parles-tu de la tienne, ou de celle des scientifiques ?

— Aujourd'hui nous parlerons de la mienne. Dieu est tout et partout. Il produit indifféremment bonnes et mauvaises choses. Les péchés les plus grossiers sont aussi son œuvre. Un péché n'est pas une faute. Il est acte conforme à la nature voulue par Dieu.

— Donc tu ne crois pas au châtiment, sourit l'abbé Jean.

— Je crois en l'homme rempli de Dieu. Celui qui reconnaît cet accomplissement n'a pas à être puni.

— Donc tu ne crois pas au rachat.

— Quel rachat ? Il suffit d'être né pour être racheté. La naissance même est la volonté de Dieu.

— Donc tu ne crois pas au purgatoire. Bientôt tu avanceras pieds nus, à la tête des vaudois !... »

Et je sais alors cette plénitude que ressent Juette lorsqu'elle nous observe, son père et moi, autour de la table. Je sais son regard chargé de confiance et de paix, qui est le mien à cet instant.

L'abbé Jean apprécie Juette. « Le problème des éclairés sans charpente, a-t-il un jour marmonné. Elle n'a ni culture ni livres. Ses parents sont ignares et le clergé le sait. Pourtant elle se tourmente et cherche à savoir. En un mot, elle est aussi seule que vous, Hugues, mais elle a plus de mérite. »

Chaque fois qu'il parle d'elle, il parle aussi de Marie d'Oignies, d'Hildegarde de Bingen – « cette croyante qui enseignait la médecine » – et d'autres que je ne connais pas. Il affirme que le salut chrétien passera par les femmes. « Les femmes, dit-il, n'ont pas peur du feu. » Concernant Juette, il maintient que ses doutes la mèneront tout droit chez nous. Il n'a pas complètement tort. Quand j'écoute Juette parler de l'Eglise, je ne peux que m'incliner : ses mots sont les nôtres. Elle se méfie de l'autorité. Ensemble, nous nous étonnons qu'un évêque vive comme un prince, et qu'un prêtre couche avec ses paroissiennes. Ces prêtres, quels besoins ont-ils de s'interposer toujours entre le Seigneur et le fidèle ? Elle et moi, nous tenons beaucoup à ce petit oiseau blotti au creux de chacun, tiède et vivant, que d'autres appellent la foi. Il faut nourrir cet oiseau chaque jour et ne pas s'alarmer lorsqu'il est malade. Cela demande du temps et du calme. L'embellir ne sert à rien. On peut toujours le couvrir d'or et ritualiser les soins, cela reste un petit oiseau.

Certains soirs, je remercie Dieu d'avoir placé Juette sur mon chemin, au même titre que l'abbé Jean. Ces rencontres font partie de mon apprentissage.

Car c'est avec elle que j'apprends ce qui fait de moi un homme de Dieu. J'apprends la charité, la compassion. Le dépassement de soi. La valeur de la parole. L'écoute et l'avancée vers quelqu'un, sans d'autre perspective que de le rendre heureux. Personne, avant Juette, n'avait réussi à déverser autant de noblesse en moi.

Il lui arrive de venir à l'abbaye de Floreffe. Ces simples mots abritent un grand bonheur. Le cloître surplombe la route au bord du fleuve. Assis sous les arcades, je ferme les yeux et j'écoute. Un roulement de carriole recouvre la voix de son père. Ils montent la colline. Ensuite, les pas sur le gravier. Au début c'est un bruit régulier, puis les crissements se rapprochent. Juette m'a vu. J'ouvre les yeux et je vois son visage encapuchonné. Une main blanche tient la ficelle sous le menton, l'autre main contient la cape gonflée comme une aile. Derrière, le regard tendre de son père. « Veillez sur mon trésor. Il n'est pas épais. Le temps de ma visite à l'évêque et je reviens vous le voler. »

S'il fait froid nous allons dans la bibliothèque. Autrement, nous nous installons sous les arcades du cloître. Souvent l'abbé Jean vient saluer mon amie. Il ne s'attarde jamais. « Je vous laisse à cet instant », dit-il en s'éloignant.

Je l'écoute. Va-t-elle serrer les poings en parlant de Dieu ? S'indigner contre le commerce des âmes ? Peut-être a-t-elle entendu de nouvelles histoires. Elle me les racontera, un peu honteuse et frissonnante. Je verrai passer des dames blanches dans des vergers, des chevaliers ou des ponts sous l'eau. Je verrai une jeune fille terrifiée par elle-même. Aujourd'hui Juette sera-t-elle vieille ou petite enfant ?

Je ne sais pas ce qu'elle deviendra. On ne peut pas être aussi poreux vis-à-vis du monde sans y laisser un peu de soi. Le chaos et la raison ne font pas bon ménage. A un moment, il faut choisir.

Qui sont Tristan et Iseult... Quelles questions stupides. Tristan est un homme et comme tous les hommes, il ouvre le corps des femmes. Mais Iseult aime Tristan. Elle pourrait mourir pour lui. Moi, je n'aime personne. Aliénor d'Aquitaine est une sorcière qui couvre le visage des enfants. Quand elle retire ses mains, elle leur arrache les yeux. Pourquoi propager des histoires si elles rendent aveugles ? Maintenant je connais les mots, ces créatures à double fond, qui parlent de chevalier à la Rose pour désigner un enfant borgne remuant sur sa mère.

Pourquoi fêter la fin de l'enfance ? On ne danse pas quand quelqu'un meurt ! J'ai froid. Je n'ose plus bouger. Je connais les gestes à accomplir, les mots à prononcer. Je me répète sans cesse que personne n'a voulu me faire mal. Le mariage est un sacrement voulu par l'Eglise qui, seule, définit les bons chrétiens. Je sais ce qu'une chrétienne doit faire pour être bonne. Je sais ce qu'une fille doit taire pour devenir femme. Mais je sens un doute terrible, planté en moi comme une épine.

Je n'ai pas protesté. J'ai laissé faire parce qu'on

ne défie pas l'ordre des choses. On ne défie pas son père ni Dieu.

Je m'appelle Juette, j'ai quinze ans. Je suis mariée. J'ai sans doute été punie parce que je suis mauvaise.

Souvent je repense aux dernières couleurs de mon enfance. Les joues roses de ma mère quand elle a dit : « Tu devras coudre pour quelqu'un. » L'éclat bleu des vitraux. Bleu aussi, le regard de cet homme découvert lors des fiançailles. Ses mains sont courtes et pâles. Il est receveur des impôts, comme mon père. Il y avait le gris des boucles du prêtre. Le noir de ses ongles. Et la belle couleur jaune, l'or des anneaux échangés, a brillé dans la lumière. L'homme s'est approché. Il tremblait d'émotion. J'ai tourné la tête. Lorsque sa bouche s'est aplatie contre ma joue, j'ai croisé les yeux de mon père, assis au premier rang.

Je me souviens du gris des quarante jours suivants. Le blanc de la robe cousue par ma mère. Le rouge de ma peau sous la robe parce que le tissu me grattait. Ces couleurs, j'aurais voulu les conserver dans les petits bocaux qu'utilise Hugues pour dessiner. Chaque instant de mon enfance sous forme de poudre, sagement posée sur un pupitre, qui n'a besoin que d'eau pour apparaître.

L'homme a posé une couronne de fleurs sur ma tête. Il a fallu dire « oui, je le veux », et sentir qu'il s'agissait d'un mensonge, car je n'ai rien demandé, ni voulu. Le prêtre semblait content. Il a posé ma main sur le bras de l'homme. Que signifiait « oui, je le veux » ? Nous sommes sortis de l'église. Les gens applaudissaient. Ils mangeaient en souriant. Ils me caressaient la joue. J'ai pensé très fort au sourire de cette dame marchant au bord de l'eau, insensible au galop d'un danger. J'ai essayé de sourire moi aussi. Je n'ai pas pleuré contre mon père. J'ai presque répondu à la fierté de tous. Et tout cela ressemblait à de grandes condoléances, inventées par des innocents qui ignorent les formes secrètes de la douleur.

J'ai prévenu Hugues. Il lisait sous les arcades du cloître. Un murmure s'échappait de ses lèvres. Le jardin était silencieux, battu par le vent. En bas, la Sambre déroulait son courant. On entendait son murmure vert, indifférent aux couleurs volées. Cette tranquillité a surgi dans toute sa violence. Elle se tenait devant moi comme une promesse arrachée. Le monde m'offrait son calme et il résonnait comme une injustice. J'ai couru. Le livre est tombé par terre. Je n'ai pas parlé : des hoquets s'échappaient de ma bouche. Mon corps était secoué par ces sanglots secs, si violents que j'ai dû m'asseoir. Hugues n'a rien dit. Il a tendu les mains pour que j'y enfouisse mon visage. Ma tête est tombée entre ses mains. C'était la première fois qu'il me touchait.

Ensuite, il s'est arrangé pour venir exactement quand il fallait. Au moment de l'essayage de ma robe. Quand les voisines sont venues m'abreuver de conseils pour ma vie conjugale toute neuve. Et surtout, quand ma mère retenait mon fiancé à dîner. Je guettais cette grande silhouette s'encadrant dans la porte, comme une échappée, un cadeau blanc.

« Bonsoir. Que Dieu vous bénisse. Est-il possible de voir Juette un instant ? »

J'ignorais l'air indigné de ma mère et la mine renfrognée de mon fiancé. Seul mon père, heureux d'échapper à une ambiance aussi pesante, proposait à Hugues de se joindre à nous. « Je préfère sortir », répondait-il.

Nous allions dans la cour, sous l'arbre. Nous parlions peu. Hugues finissait toujours par lever la tête pour me désigner le ciel.

Un soir, il m'a dit qu'il avait une nouvelle histoire pour moi. Celle du roi Uther Pendragon. Je lui ai demandé de se taire. Je me souviens d'un silence chargé de tristesse. Au-delà de nous, des cathédrales surgissaient de terre comme un défi au ciel. Des bouches continuaient à répandre des histoires. Des femmes écrivaient. Des hommes s'appauvrissaient par fidélité envers la Bible. Et moi j'étais sous un arbre.

La veille du mariage, Hugues a murmuré, avant que je ne rentre à la maison : « Juette, je ne viendrai pas demain.

— Je sais. Bonne nuit. »

Et je suis rentrée, pour ma dernière nuit de petite fille.

Allongée dans le noir, j'ai dit adieu aux chevaliers. Ils étaient alignés devant l'église Saint-Mengold. Aucun ne m'a tendu la main. Je les garde ainsi, en silhouettes massives de fer et de courage. Plus tard, quand je serai une femme, j'aurai peut-être l'audace de m'approcher. Je ne fuirai pas lorsqu'ils soulèveront leurs heaumes, révélant leurs yeux.

Je me suis installée dans la maison de mon mari. C'est une maison mince, tout en hauteur, posée sur une arcade. Elle enjambe le Hoyoux. La fenêtre de la chambre donne directement sur ce ruisseau qui traverse Huy. Les berges grouillent de monde. On y nettoie les cuves et les peaux. On y trempe le métal brûlant. Les moulins pompent l'eau dans un bruit de cascade. Le courant emporte les chairs que déversent les abattoirs situés un peu plus haut. L'eau qui coule sous ma fenêtre est rouge. J'entends les voix des artisans. Les coups de marteau me réveillent le matin. Toute cette vie entre dans la chambre. Elle ne me laisse jamais tranquille. J'ai l'impression d'être nue, au milieu de la grande place.

Mon mari me demande sans cesse si je suis heureuse. Je ne comprends toujours pas. On m'a parlé de cette chambre comme d'un antre secret. Ma mère prenait une mine de conspiratrice. Elle disait « votre chambre... » en plissant les yeux. Je m'attendais à recevoir un cadeau, quelque chose de grandiose et d'intime. Quelque chose qui n'appartiendrait qu'aux femmes. Je devais être « garnie », affirmait ma mère, qui a mis toute son énergie dans le choix du lit. Elle a cousu l'édredon devant son feu. Le meilleur menuisier a construit un châlit. Le matelas a été fabriqué en coutil de Bretagne. Les coussins sont remplis de duvet. A voir tous ces préparatifs, j'ai imaginé un instant qu'être femme, c'était luxueux et soigné. Un secret devait se tapir sous les draps de lin, offerts au mariage en signe de bienvenue.

J'ai ramassé toutes mes nuits en un paquet informe et je les ai jetées par la fenêtre. Chaque soir, je m'allonge à côté d'un homme. Il me touche quand il veut. Moi qui n'aime pas être nue, et qui ne supportais pas le contact entre ma jambe et celle de la mère, je dois laisser le corps d'un autre s'abattre sur le mien. C'est donc pour cela que se battait Lancelot ? Parfois j'ai l'impression d'être recouverte par tous les vêtements que ma mère a fabriqués pour moi, depuis l'enfance. Des monceaux de tissus m'engloutissent et m'étouffent. Je ferme les yeux mais le souvenir des mains de ma mère m'oblige à les rouvrir. Plus l'homme bouge, plus je glisse sous le tas d'habits. Je cherche l'air. Je sens des grosses boules de tissu dans ma bouche, dans mon nez. Je reconnais même la texture de certains rubans. Mes vêtements de petite fille m'empêchent de respirer.

D'autres fois, je n'oppose aucune barrière. L'homme me porte dans sa main. S'il le voulait, il pourrait me briser en deux. Il est trop occupé à remuer. Alors, ce qui me donne envie de hurler, ce n'est pas la douleur ni l'humiliation, mais le souvenir de mes histoires. Je les sens cavaler dans ma gorge pour jaillir de ma bouche. On peut donc vomir un rêve comme un simple plat de viande.

Je me raccroche aux prières. Je tente encore de me protéger d'une punition parce que je ne suis pas une bonne épouse. Je récite les douze articles de la foi, les yeux pleins de larmes. Voilà où mènent ces textes : vers des princesses qui prient en s'essuyant les yeux, le corps tressautant à chaque coup de reins.

Lorsque l'homme a terminé, il me caresse les cheveux. Il murmure des mots étranges. Il dit : « Tu es ma femme tu es jolie nous sommes deux je te regarde depuis longtemps. » Puis il roule sur le côté. J'attends qu'il s'endorme. Tout est calme et noir. Mon ventre est poisseux. J'ai mal entre mes cuisses. Je ne bouge pas. J'écoute les meubles grincer, le vent dans les arbres et mon cœur qui bat. Je respire à peine, attentive aux minuscules bruits qui précèdent les fractures.

La pluie tombe en cordeaux minces. Je suis seule dans une grande salle sans lumière. Hugues est parti avec l'abbé Jean. Ils doivent se rendre dans la forêt de Laon pour le rassemblement de leur ordre. Hugues a essayé de m'expliquer l'hommage qu'ils allaient rendre au fondateur de leur ordre. Je n'ai rien retenu. Seul mon mari a froncé les sourcils. Une telle démarche ne lui plaît pas du tout. D'ailleurs, lui et Hugues se saluent toujours froidement. Depuis, nous nous voyons surtout à l'abbaye.

Toute la journée, je suis restée assise près du feu, une chemise d'homme sur les genoux. Je n'arrive toujours pas à coudre. Mes doigts restent maladroits mais cette fois, ma tête est vide. Les chevaliers peuvent bien venir : maintenant, je sais écarter les jambes.

J'ouvre la porte, face à la cour. Un chien aboie. Les chaudronniers tapent. J'écoute seulement le murmure étrange de la pluie. Mille petites épines tapent la terre, la gorgent et l'amollissent. Les toits de la ville forment une grosse carapace ruisselante. A quelques rues de moi, ma mère est assise devant un feu. Et mon père, que fait-il ?

Avant, j'aurais croisé les bras pour me protéger du froid. J'aurais eu ce geste tendre. Maintenant j'avance avec ce corps qui a renoncé. J'ai gardé mes chaussures. Des mèches de cheveux se collent à mes joues. Où sont mes élans ? Ceux qui me poussaient dehors pour rejoindre la foire ? Mon pas est lent comme celui d'un vaincu. Je connais trop la route pour me laisser surprendre.

Je lève la tête. Des gouttes tombent dans mes yeux. Je pense à ces cercles magiques entrevus avec Hugues, la nuit. Cette gangue immense abritant d'autres mondes. Les étoiles, gardiennes posées sur l'écorce du ciel. Mais je me souviens alors que, si l'on emprunte un pont sous l'eau, on se noie.

Il y avait une cour aussi chez mes parents, avec un arbre planté au milieu. J'ai souvent attendu Hugues assise sous l'arbre. Il m'observait toujours un moment avant de s'approcher, persuadé que je ne l'avais pas vu. Je savais qu'il était là et qu'il regarderait ailleurs pour que je remette mes chaussures. Je comprends toujours ce qui échappe aux autres. La seule chose que je n'ai pas comprise, c'est cette phrase : « Oui, je le veux. »

Dans ma cour, il n'y a pas d'arbre. Il y a seulement une averse et du silence. Si je me tourne et si je pose ma main en visière, je peux voir la façade de ma nouvelle maison. La porte est en bois sombre, très épaisse, avec des clous noirs alignés. C'est une porte de prison. Le toit est neuf. Les fenêtres sont étroites. Il n'y a aucune brèche pour laisser passer le soleil. La grande salle reste sombre. Elle ne sent rien. J'ai perdu la lumière et j'ai perdu les parfums. La pluie dégouline sur mes joues. Elle forme de grosses taches sur ma robe. A mes pieds, la terre pleine d'eau est sans odeur. J'ai beau la prendre dans mes mains pour la respirer : je ne tiens qu'une matière sombre et granuleuse. Comme moi. Je frotte cette mélasse contre ma peau jusqu'à me faire mal. Je hume ce mélange entre la terre, l'eau, et ma peau. Rien. Je ne sens plus rien. Alors je recommence.

L'homme m'a trouvée accroupie sous la pluie, le corps enduit de boue. Il a couru vers moi. Il m'a secouée. Il m'a portée dans ses bras comme au jour du mariage, pour pénétrer dans notre nouvelle maison. Cette fois je ne porte pas de robe blanche ni de couronne sur la tête. Personne ne jette de grains en riant. Il pleut et je suis sale du front jusqu'aux pieds. Mes cheveux poissent. L'homme m'assied devant le feu. Il me regarde. Il détaille mon visage couvert de plaques brunes. Elles commencent à sécher. Elles craquellent comme une mauvaise peau. « Juette... » C'est un nom que je murmure comme une supplique. C'est moi que j'appelle, pour renaître sous la boue. A ce moment, je donnerais n'importe quoi pour retrouver mes rêves d'enfant. Je voudrais sentir une main se poser doucement sur mon front et entendre « tête d'oiseau », avant de me rendormir.

L'homme accroche une marmite au-dessus du feu. Quand l'eau est chaude, il me lave avec une serviette. Il nettoie mes yeux. Il râpe ma joue. Je me laisse toucher comme la poupée que ma mère habille. Puis il m'assied devant la table. C'est une grande table en chêne qui a fait partie des cadeaux de mariage.

A certains endroits, le bois tourbillonne sur lui-même jusqu'à former une tache noire. Il y en a sept. Sept taches noires sur le bois, que je compte à chaque repas.

L'homme a posé devant moi un bol de soupe. Il attend que je mange. Il me regarde longtemps sans rien dire. Il avance la main pour me toucher la joue, mais je recule. Alors sa main retombe sur la table.

Le matin, il m'embrasse le front. Lorsqu'il me présente aux gens, il me serre fermement le bras. Souvent il essaie d'être gai. Il me raconte les nouvelles de Huy, les marchands qui reviennent, les dernières frasques de l'évêque qu'il admire secrètement. Je ne l'écoute pas. Je prie à voix basse pour ne pas aller en enfer. Mais je ne pense qu'à une chose : ce soir, il va recommencer.

A quoi puis-je me raccrocher ? Demain ressemblera au jour précédent. J'irai à la messe avec ma mère pour écouter des mots que je ne comprends plus du tout. Si seulement j'avais pu être mariée à quelqu'un qui m'apprenne. Il y a tant de choses que j'ignore. Pourquoi, durant la messe, le prêtre tourne-t-il le dos aux fidèles ? Pourquoi, lors de la communion, doit-on avancer en aveugle vers l'autel, aux ordres d'un prêtre ?

Je voudrais discuter avec mon mari, lui ouvrir mon cœur et grandir auprès de lui. Est-ce trop demander ? Mais je resterai enfermée dans cette maison, le ventre malade. Je regarderai le feu dans la cheminée, une chemise sur mes genoux. Le monde se tient devant ma porte, valeureux, hérissé d'épines. Il ne laisse entrer que les braves. Il faut le mériter.

Peut-être que je ne mérite rien. Depuis la salle gavée de silence, je regarde la porte. Je ne bouge pas. J'attends. Une voisine viendra peut-être frapper à ma porte. Puis la servante préparera la soupe. Mon mari rentrera.

Il n'a aucune pudeur. Un jour, il m'a demandé pourquoi je fermais les yeux en serrant les draps pendant qu'il se déshabille. Que pouvais-je répondre ? Je ne savais pas qu'un corps d'homme était aussi laid. J'ai été assez bête pour croire que, sous l'armure des chevaliers, se cachait un secret très doux. Il y avait un mystère de ces hommes debout, devant des vergers invisibles. En réalité, sous l'armure des chevaliers, il y a la même chose que dans mon lit : une masse anguleuse, piquante, qui fouille et retourne. Un monstre qui avale avec la bénédiction de tous. Chacun encourage la barbarie. Il faut voir comme on regarde les filles seules ou celles au ventre toujours plat. Je ne comprends pas pourquoi. J'ai cherché dans les textes. Ni Dieu, ni le Christ n'ont jamais demandé qu'on torture les filles. La Vierge est pure. Alors pourquoi ? Pourquoi « oui, je le veux » ? Le monde vivrait dans le péché permanent ? Comme le prêtre qui couche avec ses paroissiennes ? C'est impossible. Les servantes qui sourient avec leurs coudes sont dans l'ignorance. Si les gens font la fête et lancent des grains de riz, si l'on cite la Bible, et surtout, si les pères poussent leurs enfants vers cette souffrance, c'est qu'il y a forcément une raison. Il doit exister une explication, quelque chose qui m'échappe, et qui justifierait le calvaire sous les applaudissements. Il n'y a qu'une seule personne à qui je peux poser la question.

Nous sommes assis dans la bibliothèque de l'abbaye. Le plafond de pierre forme une coupole sur nos têtes. Les armoires pleines de livres nous protègent du fracas dehors, assorti d'éclairs. Je découvre Hildegarde de Bingen. « Son *Livre des Œuvres divines*, a précisé Hugues, debout sur une échelle, en le tirant d'un rayonnage. Je l'ai enfin terminé. »

Nous nous penchons sur l'image.

« La Terre, l'homme, l'univers. Et le Christ, chuchote Hugues. Nous sommes dans son ventre, protégés par ses mains. Voyez ses mains. »

Celles de Hugues caressent l'image. Elles sont minces et longues. Je sens la présence du livre, vivant, coloré, qui me donne faim de tout connaître.

« Juette, écoutez cela. *Au-dessus de la mer, le vent fait chanter les anges, comme des cloches qui résonnent sur les vagues.* »

Il pousse le livre et se penche vers moi. Ses yeux sombres brillent. Je prends mon élan.

« Je peux vous poser une question ? »

Hugues sourit.

« Lorsque j'observe mon mari qui bouge, qui s'habille, mastique, fait chauffer l'eau... mon mari qui marche, dort ou s'assied..., je me demande si les chevaliers sont comme lui.

— Bien sûr. Tous les hommes sont les mêmes pour mastiquer ou dormir. »

Dehors le tonnerre s'est arrêté.

« Alors je suis bien une idiote. Mais croyez-vous vraiment que les chevaliers... respirent comme l'homme quand ils grimpent sur une femme ? »

Hugues me fixe puis il se détourne. Subitement, dans ce regard furtif, j'ai le sentiment que défile non seulement ce que chacun sait de lui-même mais aussi ce qu'il sait ou devine de l'autre. Je vois tout ce qui n'a pu prendre forme en nous et qui peut s'appeler les heures gaspillées, le sentiment d'abandon, le dégoût et la peur, la résignation, les larmes jamais versées. C'est donc cela, l'intimité. Je ne crois pas avoir été plus proche de quelqu'un que durant ce regard presque invisible, aussi net et rapide qu'un éclair révèle un visage enfoui dans l'obscurité, pour le coller définitivement dans la mémoire.

« Comment voulez-vous que je sache ce genre de choses ? »

Il ne chuchote plus. Sa voix est si ferme que je sursaute. Evidemment ! Hugues, lui, n'a jamais sali une femme. Je me sens si stupide que je renonce aussitôt à parler. Je n'ose plus bouger. Nous restons silencieux. Je regarde le livre ouvert. Il ressemble à une tache.

Nous marchons sous les arcades du cloître. La campagne s'étale comme un grand drap humide. Hugues et moi avançons lentement, côte à côte. Il s'arrête.

« Juette, je ne peux pas vous aider. »

Il l'a murmuré avec une douceur désolée. Je sens les larmes monter. Je détourne les yeux vers la pluie. Il faudra bien le dire. Mon corps porte la trace de l'infamie mais d'autres y verront la marche naturelle des choses. Les mots glissent sur mes lèvres. Ils disent : au fond de moi un enfant va vivre, même si je dois mourir.

J'ai peur de ces choses immuables, comme la pluie, la nuit qui tombe, la mort après l'amour, l'enfer après la mort. S'il existe une éternité, c'est celle de la souffrance toujours répétée. Je regarde ce visage maigre, ces yeux noirs, et je nous sens glisser. Est-ce que notre lien résistera ? Que restera-t-il quand nous serons vraiment perdus ? Qui a décidé ces ruptures ? Alors Hugues hoche la tête, et sort de sa manche une feuille roulée. Et, pour la seconde fois, il parle fort.

« Regardez ça. De l'or, que j'ai apporté pour vous. Il suffit de la poser sur une couche colorée, rouge, jaune ou grise. C'est vous qui choisirez les tons chauds ou froids à donner au métal. Ensuite je polis l'or avec une dent de loup – la prochaine fois, nous le ferons ensemble. Ainsi l'or gonfle sur la feuille, cela donne un aspect bombé qui vous plaira. Etes-vous contente ? »

Cette après-midi, nous devions nous voir. Mais je suis presque habitué. C'est au moins la dixième fois qu'elle promet de venir et qu'elle ne vient pas.

J'ai tourné en rond puis je me suis décidé. L'abbé Jean est à Paris, chez maître Amaury. Il ne saura rien.

J'ai enfilé une cape. Le murmure de la Sambre m'a accompagné jusqu'ici. Le murmure de l'eau dans la nuit noire.

Maintenant j'attends sous l'arbre, dans la cour de ses parents. Je prie à voix basse. Personne ne m'a demandé d'être là.

Je regarde mes mains. Il y a longtemps, elles ont porté le visage de Juette. Elles le recouvraient, exactement. Il y a dans le monde des mains qui cherchent leurs visages, et lorsqu'elles se posent enfin sur le bon, le voyage est fini. Alors, d'où me vient le sentiment que rien n'est joué ?

Pour l'instant, il règne un silence étrange, comme une effervescence muette. Dans l'obscurité, je vois des profils de femmes passer devant la fenêtre. Je perçois des murmures, des bruits d'eau, de la vaisselle qu'on entrechoque. Au-dessus de moi, les étoiles promettent qu'un jour j'oublierai cette nuit.

Et puis Juette hurle. Ce cri enterre nos murmures. Sous l'arbre, je ne peux rien faire, sauf l'entendre. Et j'entends cette déchirure terrible, de livre qu'on découpe, de doutes et de guerres perdues. Je ne peux qu'enfouir mon visage dans mes mains pour y chercher le souvenir de Juette.

Elle hurle comme une petite fille. Mais à quoi pouvais-je m'attendre ? A un cri de femme ? Juette refuse d'en devenir une. Qu'elle se marie, qu'elle accouche ! Ils comprendront un jour qu'un cri d'enfant ne ment pas.

Je sais que les textes mentionnent la souffrance pour devenir humain. J'ai appris que la douleur fait partie intégrante du monde. S'y soustraire, c'est se soustraire à sa condition d'homme. Mais ce soir, la souffrance m'apparaît absurde. Juette hurle et c'est une règle que l'on détourne. J'ai honte. Maintenant elle gémit. Quelque chose cède en moi. La violence glisse le long de mon dos en une caresse obscène. Si son mari sort, je lui saute à la gorge. Je l'obligerai à gémir comme elle. Il souffrira comme elle. Il devra s'excuser. Je lui maintiendrai la tête vers le sol jusqu'à ce qu'il ramène Juette chez ses parents.

Je ne bouge pas, le souffle coupé. Je donnerai n'importe quoi pour que l'abbé Jean vienne me chercher. C'est donc cela, la haine. Et c'est par Juette que je l'apprends.

Je m'aperçois que son père est debout, à côté de moi. Il garde les yeux rivés sur la maison. Dans l'obscurité, je distingue sa silhouette courte et large, la tache sombre de sa barbe. Il ressemble aux petits ogres des légendes d'ici. Je voudrais m'approcher de lui, ser-

rer son bras, lui dire que moi aussi, j'entends. Père, j'entends moi aussi que l'on brise quelque chose. Juette aime les chevaliers qui sauvent, les combattants, les valeureux, mais nous, nous ne faisons rien. Je ne bouge pas, englué dans ce terrifiant silence. Je me retourne vers la maison, comme si les événements dépendaient de ma présence et de l'intensité de mon recueillement.

Je ne sais pas si Juette saura qu'un soir deux hommes se sont tenus côte à côte, tendus vers ses cris. Je sais seulement qu'elle hurle encore, et que son père et moi restons immobiles.

La porte de la maison s'ouvre. La mère apparaît, le visage plissé. Elle fait signe au père de rentrer. Il s'avance. Il ne m'a pas jeté un regard.

J'apprendrai plus tard que le bébé n'a pas vécu. Juette me dira : « Un corps mort fait des enfants morts. C'est normal. » Elle dira cela avec un détachement malsain, comme on récite un mauvais texte. Et je comprendrai soudain que, s'il y a un enfant mort ici, c'est Juette.

Comment croire que la copulation, un acte aussi infect, engendre la vie ? C'est impossible. Rien ne peut naître dans les larmes et la salissure. Moi, je comprends qu'un être ainsi conçu préfère mourir. Ce pauvre bébé a été plus clairvoyant que moi.

La maternité manque au tableau. Je ne suis pas encore une vraie femme. C'est une bonne nouvelle. La maternité, c'est l'addition d'un homme et d'une rivière de sang. Je suis sûre que la Vierge comprend cela. Elle au moins, elle est restée pure. Elle n'a pas connu l'aberration du corps qui gonfle. Le corps envahi de l'intérieur. C'est horrible, la chair enflée et les reins qui tirent. D'où vient ma punition ? Qui a décidé cela ? Moi, peut-être. « Oui, je le veux. »

J'ai encore très mal. Je ne peux pas oublier qu'une tête a glissé hors de moi. Dans mes pires cauchemars, je n'avais pas imaginé qu'un visage violet puisse surgir d'entre mes cuisses.

Je passe mes journées allongée dans le lit. L'endroit est parfait. J'oublie les cris des tanneurs et les coups des forgerons. Ma fenêtre reste fermée. Le Hoyoux peut bien couler. Je sais maintenant que l'eau rouge sort de moi. La fontaine de la place, le marché, les remparts, tout cela est loin désormais. On me laisse tranquille. Le prêtre a quand même essayé de m'en extraire. Il a tapoté ma main. Ces tapotements ressemblaient à d'énormes coups de poing contre ma porte. Puis il m'a encouragée à la confession. J'ai failli lui dire : « Et vos paroissiennes ?... » De toute façon, je n'ai besoin de personne entre Dieu et moi. Pourquoi devrais-je entrer dans une boîte en forme de cercueil et fermer un rideau pour parler à Dieu ? Mais j'ai dit : « Bien sûr », et le prêtre est parti.

Mon mari ne s'est pas montré découragé. Il a recommencé à sourire. Il m'a m'apporté des bols de soupe. Il a tenu ma main et il m'a dit : « J'ai eu si peur de te perdre. » Mensonge. Il a recommencé. Il a attendu un peu, que je puisse me tenir debout, puis il est entré en moi comme on éclate une pierre.

Je pourrais repousser l'homme. Le rouer de coups. Je n'ose pas. J'ai peur de décevoir mon père. J'ai peur de finir rejetée comme les vieilles folles au bord des foires. J'ai peur d'aller en enfer. Je pense de toutes mes forces aux paroles de maître Amaury que me rapporte Hugues. Connaît-il sa chance de ne pas croire à la punition ni à l'enfer ? Moi je n'y parviens pas. J'ai toujours senti une ombre tapie derrière les choses, qui guette les faux pas.

A force de questions, je finis par ne plus dormir. Assis au bord du lit, Hugues fronce les sourcils. « Vous êtes très pâle.

— C'est à cause de mes questions.

— Bien. Autant que vous le sachiez Juette, vous n'êtes pas la seule à vous tourmenter. »

Partout, des fidèles défient l'Eglise. Ils sont de plus en plus nombreux. Ces mouvements ont un point commun. Ils revendiquent un texte, un seul : la Bible. La Bible n'a jamais demandé que les petites filles étouffent sous un homme. Elle dit : « Tu ne jugeras point » alors que le regard des prêtres m'empêche de vivre. Elle dit : « Tu ne jureras point » tandis qu'un serment me lie à un mari. A l'instant où Hugues prononce ces mots, mon cœur sursaute. Il voudrait rejoindre la colère d'inconnus dont l'élan me ressemble. Ailleurs, des hommes et des femmes se lèvent avec moi. Eux aussi ne comprennent pas le ventre gonflé des prêtres. Ils préfèrent suivre l'Ecriture qui préconise le dénuement. Je ne suis plus seule. Hugues m'a expliqué que des prénommés cathares condamnaient même le mariage, pire, selon eux, que la prostitution. Savent-ils seulement que j'existe ? Savent-ils à quel point leur lutte me rend espoir ? Peut-être que je ne suis pas si mauvaise. Si d'autres rêves naissent ailleurs, c'est que tout n'est pas ma faute. Je n'ai rien fait qui puisse justifier pareille punition. Ce n'est pas ma faute.

Maintenant, quand l'homme grimpe sur moi, je ne prie plus. Je pense à la révolte qui se prépare. Mais j'ai beau lutter, le corps a la mémoire tenace. Je me souviens de ces mains qui écartent mes jambes et de cette intense brûlure. Les effluves poivrés de ce produit qu'on m'a obligée à boire. J'ai tout vomi. Je revois le visage crispé de ma mère penché sur moi.

Elle vient tous les jours. Elle amène des couvertures cousues devant le feu. Je la regarde bouger dans la chambre. Elle ajuste le drap sur mes jambes trop maigres, comme elle dit, ou tresse mes cheveux. J'ai des nouvelles de l'évêque, de l'archidiacre, du pape. Ma mère frétille : dans la bataille qui oppose le haut clergé de Huy et celui de Liège, c'est celui de Huy qui sort vainqueur. La chaire épiscopale devrait bientôt accueillir « un des nôtres ». Puis elle ajoute que l'Eglise a décidé « d'en finir avec la contestation ». Elle me regarde du coin de l'œil.

« Des enquêtes épiscopales sont lancées dans les paroisses. Heureusement que nous t'avons mariée, toi et ta tête pleine de désordres ! Tu me remercieras. Le pape a derrière lui le peuple. Sais-tu que, depuis le concile, une remise des pénitences est promise aux fidèles qui prennent les armes contre les dissidents ?... »

Je n'aime pas ses mains, qui ont toujours voulu ma mort.

Puis elle tousse. Elle tire une chaise près du lit, s'assoit et lisse sa robe du plat de sa main. Je hais le ton qu'elle s'apprête à prendre. Je préfère encore qu'elle crache mon nom. Il n'y a aucune bienveillance dans ce ton, aucune pitié. C'est un ton qui n'enseigne rien mais qui dicte les règles. Un ton qui assène : « Chaque femme a une dette envers son mari. Tu dois t'en acquitter. Ainsi est fait le monde.

— Qu'est-ce que tu connais du monde ?

— Maintenant il faut te reposer.

— Réponds. Qu'est-ce que tu connais du monde ?

Les coutures devant le feu ? Toi, tu crois que le monde est aussi petit qu'un trou d'aiguille.

— Je crois ce que dit la Bible.

— Non. Tu crois ce que dit l'évêque. Le plus barbare d'entre nous. Il te demande de piétiner des croyants et tu le fais. Tu as du travail. Les cathares remontent chez nous. J'ai entendu que les vaudois s'étendent vers la Bavière. Bouche tes oreilles : ils disent que chacun de nous, pourvu qu'il soit pur, peut prêcher et même consacrer le pain et le vin. Moi je ne pourrai plus : ma pureté, où est-elle ?

— Tu n'en avais pas ! Tu n'as jamais été pure. Même petite, tu étais bizarre. Ah, ne fais pas semblant de le découvrir ! »

Ma mère resserre le cordon de soie autour de sa taille. Elle respire lentement.

« Tu ne m'as jamais parlé ainsi. Est-ce ton Hugues ou ton abbé Jean qui t'apprend cela ? Et puis, est-ce un crime de vouloir protéger sa fille ? Reste couchée !

— Me protéger. Moi. Tu veux me protéger. Mais comment mon père peut-il te supporter ? Tu es large, charpentée comme un homme. Ta bouche de taureau ne sait qu'ordonner. Les cathares ne veulent pas du mariage ! Ils sont comme moi. Tu condamnes ces dissidents, comme tu dis, sans comprendre qu'ils sont plus croyants et plus dignes que toi. Toi, tu t'inclines devant les évêques mais tu assassines ton enfant. C'est de ta faute ! »

Ma mère a quitté la chambre. Je reste seule, avec des cris amassés dans la gorge.

Et puis ça a recommencé. Je ne sais pas comment fait mon corps pour supporter ce poids. Mes hanches sont aussi larges qu'une main. Une enfant ne peut pas faire d'enfant.

C'est la seconde fois. Pourtant je découvre encore. Je suis difforme. Je me tiens cambrée pour ne pas tomber en avant. Ma poitrine me fait mal. L'enfant donne des coups dans mon ventre. Comme son père.

Ce dernier est aux petits soins. C'est peut-être lui, le diable.

Ma mère joue à être bonne. Elle entretient le feu, accroche un bouquet de fleurs sèches, tape les coussins. Elle virevolte dans la maison comme si c'était la sienne. Elle m'a apporté des robes en forme de sacs, dotées de larges ouvertures sur le côté. Je les ferme par un lacet réglable sur la poitrine ou grâce à une ceinture placée très haut sur les hanches. Ce sont des robes taillées à la gloire du corps. Lorsque je les essaie, ma mère sourit.

J'ai tellement honte que je n'ose plus sortir. Et puis je ne veux plus voir d'hommes. Dehors, il y en a partout. En revenant du marché, je suis passée devant les tavernes. J'ai revu les mains. Ces grosses mains poilues des hommes qui continuaient à boire, à essuyer les bouches, à jeter les dés, qui continuaient malgré ma souffrance, comme s'il ne s'était rien passé, comme s'ils n'étaient responsables de rien. Certains titubaient, ivres et furieux d'avoir perdu au jeu. J'ai tourné la tête. Il y avait d'autres hommes encore, à pied, assis sur des chevaux, debout sur des carrioles, en groupe, seuls, immobiles ou gesticulant. Ils sont barbus, avec des chapeaux, des costumes, des blouses ou des guenilles. Ils parlent et rient fort. Ils s'imposent. J'ai senti leur pouvoir multiplié à l'infini, prêt à fondre sur moi. Je suis rentrée en courant.

A un moment, j'ai pensé glisser sur les pavés pour tomber et tuer la vie en moi. Mais je ne peux pas y échapper. C'est un péché réprouvé et puni. Un péché mortel. Mon mari serait si fâché qu'il me dénoncerait sans scrupule. Si seulement je pouvais accoucher d'un enfant mort, comme le précédent.

Je reste dans l'ombre. Mon corps s'adapte, fier de recevoir la vie. Cette fierté du corps est la pire chose qui existe. Elle déborde. Elle suinte en coulées blanches et rouges. Le corps exulte et s'expose. Il ressemble à ces prêtres que mon père invitait à dîner. Mon corps exige une cérémonie arrogante qui n'a rien à envier aux messes des cathédrales. Il veut des vêtements neufs, des regards satisfaits. Il s'accorde avec un ordre mystérieux, fait de démesure et de fautes.

Je regarde, sans me lasser, les odes à la Vierge. Encore une fois, je m'appuie sur Hugues. Il me rapporte les conversations entre l'abbé Jean et maître Amaury. Tant de courage et de clairvoyance me redonnent espoir. Je ne serai jamais l'égale de ces esprits mais ils semblent réfléchir pour moi, pour les autres. Ils ont les mots.

Hugues m'amène aussi les poèmes d'Hildegarde de Bingen qui adorait Marie. Le livre est entouré d'un cordon sur lequel est fixée une pièce de métal. J'ai hésité à toucher le fermoir. Je ne sais pas si j'en suis digne. Je n'ose jamais ouvrir immédiatement les livres. Ce sont des bijoux protégés des mains sales. Je caresse la couverture de cuir hérissée de boulons. Ils préservent l'ouvrage lorsqu'on le superpose dans les bibliothèques. Les livres sont protégés. C'est un cuir dur, doublé de bois, qui sert d'écrin. Une page est un trésor précieux réservé aux initiés. Moi je ne sais pas déchiffrer les mystères.

« Vous en êtes un, dit Hugues. Vous les méritez tous. » Et il prend ma main pour l'appuyer sur le livre.

Mais il ne comprend pas que je ne suis plus la même. Il ignore ma déchéance et le sentiment de tomber comme une pierre. Je ne veux pas lui dire. Me taire, c'est encore préserver ses yeux noirs, les rattacher à moi à l'instant où il plaque ma main sur le livre. Pourtant je sais que certains gestes ne signifient plus rien.

Chaque jour la belle femme de mes rêves s'éloigne un peu plus. Je vois une tache blanche que surplombe un visage flou. Mes rêves me quittent parce que je suis mauvaise. Ils iront se loger ailleurs, dans le cœur d'une fille pure. Les révoltes se font loin de moi. Qui voudrait d'une fille pareille ? Je ne sais pas lire et je suis enfermée ici, le ventre alourdi. A un moment, il y a très longtemps je crois, je m'endormais en frémissant d'une joie honteuse. Mon cœur battait. Mon corps, que j'écoutais respirer, était un ami intact. Il était prévisible et tiède. Il abritait une vie mystérieuse, pleine de promesses, comme sous les armures des chevaliers. J'avais un secret. Où est-il ? Je veux mes vergers et mes ponts sous l'eau. Je sais qu'à un moment Tristan et Iseult furent innocents. Le chevalier à la Rose aimait son frère. Je veux revenir en arrière. Retrouver ma vie avec mes histoires, mon soleil odorant et Hugues qui m'offrait ses images. Peine perdue, chagrin inutile. Je suis seulement capable de pleurer, la tête enfouie dans les couvertures de ma mère.

J'ai envoyé chercher Hugues. Je me suis assise à la table, face à cette grande pièce sombre. J'avais hâte d'entendre sa voix basse. Mon ventre est plein mais il se tait. Je sens mon corps se détendre doucement. Merveilleux réconfort qu'une présence amie ! Hugues est le seul qui dompte la souffrance avec sa voix. Enfin le voilà. J'entends ses pas dans la cour, suivis du loquet qu'on lève. Arrive, mon ami, apporte ta grande silhouette et ta révolte calme. Amène tes mots. Donne aussi tes yeux sombres qui valent tous les rais de lumière au travers d'un toit.

Et puis l'impensable se produit. Comment ai-je pu oublier le diable ? Il surgit toujours lorsqu'on ne l'attend pas. Quand je vois la grande silhouette plier pour passer la porte, mon sang se gèle. Soudain la nuit tombe. Je reconnais cette force souple, masculine, retenue dans chaque muscle. Cette puissance leur permet de passer une porte un jour, d'étouffer une femme le lendemain. Hugues a légèrement baissé les épaules, fléchi les genoux, comme tous les hommes du monde lorsqu'ils bougent, ignorant le privilège d'être nés ainsi. Malgré ses mains propres, malgré sa robe de laine blanche, il fait partie d'eux. Il me restait un abri, un seul. Le diable l'a confisqué devant moi.

Hugues reste un instant immobile. Puis il s'assied doucement face à moi. Il n'a pas regardé mon gros ventre. Il joint ses grandes mains sur la table. Ses mains qui ont recouvert mon visage, de quoi sont-elles capables ? Qu'il porte une robe, qu'il voue sa vie à Dieu : Hugues reste un homme. Je suis enfermée dans la maison, loin des regards, avec cette force qui peut me rompre. Il l'ignore peut-être, il ne le souhaite pas sans doute, mais il le peut. Je n'ai aucun moyen de m'échapper. Je vois son front bombé, sa mâchoire fine, la peau un peu rugueuse de ses joues et ses yeux plantés sur moi. Oh, ces yeux si sombres, innocents, ignorant leur pouvoir ! Hugues fronce les sourcils. Il sort la Bible. Il la pose sur la table. Mon corps est lourd de peur. Hugues, ne parlez pas. Il se penche vers moi.

Le plus calmement possible, je lui demande de partir.

Depuis je la regarde vivre. Elle se tient très droite. Sa maison est propre. Le matin, elle coud des vêtements pour son mari. Certains jours, je la vois au marché, son panier à la main. J'ai honte mais il m'arrive de la suivre. Je ne peux pas me détacher de son dos mince et de ses cheveux de cuivre roulés sur la nuque.

Juette courait sur le gravier de l'abbaye de Floreffe. Maintenant elle avance lentement à travers les étals. Elle ignore les cris et la saleté. Elle avance d'un pas étranger à lui-même, comme si ses jambes étaient douées d'indépendance. Mon amie peut acheter des fruits, des draps ou des poules : elle palpera, hochera la tête ou sortira sa bourse avec la même distance. Cette froideur irradie. Autour d'elle, les choses semblent lestées d'un poids mort. Elles sont posées avec une stupidité inoffensive qui les rend inaccessibles. Le monde se tient là, qui ignore les changements et se contente d'exister.

Elle salue les gens qu'il faut saluer. L'évêque lui sourit. Elle se rend à l'église avec ses parents. Elle s'agenouille dans un recueillement parfait. Elle connaît les textes. Au centre de cette comédie, Juette se tient un peu hautaine, irréprochable. Je peux entendre son cœur battre posément, tranquillement, insensible à ce désastre absolu.

Depuis notre dernière entrevue, elle a refusé de me voir. Je tourne et retourne ce souvenir. Je me souviens de cet affolement immobile qui a figé ses traits. De ses yeux verts écarquillés de terreur et qui semblaient s'ouvrir davantage à chacun de mes gestes, même le plus infime, comme si le diable était dans la pièce.

Elle a vu en moi un ennemi. J'y pense toutes les nuits depuis des mois. Des mois sans la voir. J'ai envoyé des mots en lui demandant pardon. J'ai été taper à sa porte. Elle ne répond pas. Alors je m'arrange pour la croiser dans la rue, sur les marchés, lors des processions. Je suis réduit à cela. Je suis même entré dans l'église pour la regarder. Je l'ai à peine aperçue. J'étais trop écœuré par ce prêtre qui célèbre le Christ et qui couche avec des femmes. Et puis, l'abbé Jean m'a mis en garde : l'Eglise a décidé de serrer la vis. Il est revenu effondré de son voyage à Paris.

Sur ordre du pape, maître Amaury a dû se rétracter publiquement. Tout ce à quoi il croit, ce qu'il enseigne et cultive, réduit à un désaveu. Autant se renier soi-même. J'imagine son visage doux crispé par l'effort. Comment résonnent les phrases auxquelles on ne croit pas ? « Je réfute mes propos et demande la grâce de Dieu... » Il était sur une estrade, au milieu du réfectoire des Mathurins. « Je ne remets plus en cause l'utilité du baptême, de la pénitence et de l'eucharistie... » Debout face à l'assemblée générale de l'Université. Cela veut dire l'évêque, les clercs, mais aussi ses propres élèves. « Personne n'est l'égal du Christ... La nature divine ne saurait s'incarner en chacun de nous, sauf en l'épiscopat à qui je m'en remets... » L'abbé Jean était au dernier rang. Il serrait les poings comme si cette humiliation était la sienne. Après cette cérémonie sordide, il a étreint son ami comme s'il descendait d'une carriole à l'abbaye. Mais cette fois maître Amaury est resté inerte, le regard vide.

Rentré à Floreffe, l'abbé a attendu le dîner pour nous raconter cela. Debout parmi les tables, il parlait calmement mais la colère raidissait ses gestes. « Ils vont lui prendre ce qui fait de lui un homme rare, disait-il en levant et en baissant les mains. Vous allez voir, ils vont le briser. » Le réfectoire résonnait de ses mots. « Certes, maître Amaury met en doute les sacrements, lançait-il d'une voix forte. Et après ? Maudit clergé qui ne comprend pas les différences, quand Dieu est l'amour de toutes les différences ! »

Un climat de terreur s'installe. En forgeant l'image de ses ennemis, l'Eglise installe sa puissance. A Strasbourg, les cathares ont tous été arrêtés. On raconte qu'au Sud, le comte de Toulouse souhaite lever contre eux les troupes royales, pour une traque sans précédent. Partout, on dénonce, on châtie, on éradique. On devient fou. Et Juette qui n'entend ni ne voit rien.

Peut-être qu'elle a eu peur. Peut-être qu'elle n'a pas le courage des femmes dont parle l'abbé Jean. Elle vit comme on s'applique à un parcours sans faute. Je sais qu'elle a accouché sans hâte et sans cri, fidèle à cet étrange personnage qu'elle est devenue. Elle a fait porter un mot à l'abbaye. « Cher Hugues. C'est un garçon, hélas ! Juette. »

Le père de Juette nous a invités au baptême de l'enfant. Toute la nuit, j'ai été malade d'angoisse. Je suis arrivé blanc comme un linge. L'abbé Jean me tenait le bras.

Un festin était dressé dans la cour pleine de monde. Des guirlandes de papier grimpaient sur l'arbre. Il y avait des voisins, des amis, et beaucoup de membres du clergé. J'entendais des bribes de voix venues de très loin, des félicitations, des vœux, des rires d'enfant. J'ai vu le visage du mari flotter parmi les gens puis s'approcher de moi. J'ai reculé, heurté la mère de Juette. Elle donnait tant d'ordres aux servantes qu'elle en oubliait de respirer. Le bébé, hurlant dans sa robe blanche, passait de main en main.

Le père de Juette nous a à peine regardés. Il nous a désigné notre place, en bout de table. La chaise à ses côtés était réservée à l'évêque. Celui-là mangeait du bout des lèvres. Il nous jetait des coups d'œil.

Conformément à son nouveau rôle, Juette ne m'a même pas remarqué. Ses yeux ne voyaient personne. Elle se tenait droite avec son chignon bien roulé. Elle portait une robe de velours rouge. Tout, chez elle, avait pris une teinte plus pâle. Les cils, autrefois roux, semblaient transparents. Même ses yeux paraissaient plus clairs. J'avais l'impression qu'ils pouvaient tomber du visage comme deux morceaux de feutrine.

Je l'ai fixée avec une telle intensité que l'abbé Jean m'a écrasé le pied sous la table. Il a bougonné quelque chose sur Amaury. Penché sur mon assiette, dont le seul fumet me soulevait le cœur, je l'ai observée furtivement – comme d'habitude depuis des mois. Juette, quand reviens-tu ? Elle ne tient jamais son enfant dans ses bras. Elle ne le regarde pas non plus. Une nourrice s'en occupe toute la journée. Mais lorsque les gens demandent des nouvelles de son garçon, Juette semble soulagée. Les questions lui permettent d'intégrer son rôle de mère. Elle s'autorise des réponses naïves. Elle peut se réfugier dans la facilité et veille à se montrer encore plus bête que les questions. C'est exactement ce qu'on attend d'elle.

Au milieu des plats, des boissons et des rires, j'ai commencé à me sentir vraiment malade. « Bon, ça suffit », a murmuré l'abbé Jean en me soulevant par les épaules. Nous sommes partis dans l'indifférence. J'ai eu le temps de me retourner pour voir l'arbre de la cour, si majestueux, autrefois si accueillant.

Avant, Juette oscillait entre l'enfant et la vieille sage. Maintenant je suis face à une Juette hors d'âge, que le destin semble avoir posée par hasard à Huy, aujourd'hui. Une femme comme une autre, soumise aux règles. Et pourtant... Qu'elle se tienne assise entre ses parents, debout près de son mari, ou qu'elle trempe son bébé dans l'eau, il y a toujours en elle un mélange de tromperie et d'innocence.

Je suis resté couché pendant trois jours, tremblant de fièvre. A mes côtés, l'abbé Jean a compulsé ses livres de médecine en priant pour ma guérison. Il ne m'a jamais posé une seule question sur mon lien avec Juette. Nous n'en avons jamais parlé. Mais à la façon dont il m'a mis au lit, dont il m'a soigné comme au premier jour de mon arrivée ici, j'ai su qu'il n'avait pas besoin d'explication.

Ils ont recouvert la cour de tapis. La terre sous les beaux tissus : un peu l'histoire du monde.

L'enfant est baptisé. On l'a enveloppé dans un voile blanc, symbole de la pureté du nouveau chrétien. Cette cérémonie, paraît-il, lui promet d'échapper à l'enfer. Moi aussi j'ai été baptisée, et pourtant. L'enfer est sous mes yeux.

Il s'ouvre par une table garnie. Lentilles, poulets aux noisettes, civets de lapin, fromage, coings, poires : il faut avoir le ventre plein pour affronter l'ignoble. L'enfant aussi a faim. Il hurle mais je refuse de le nourrir. Une voisine s'en charge.

Je ne lui ai pas donné de nom. Mon mari en a trouvé un. Il me l'a dit mais je ne m'en souviens plus.

Les habitants de l'enfer ont la bouche ouverte. Ils coulent vers moi des regards victorieux. Je suis posée là, au milieu d'une foule qui croit être sauvée. Mon mari est rouge de joie. Il fait sauter l'enfant sur ses genoux. Je les observe, ces deux mâles inscrits dans leur glorieuse lignée. Quarante ans les séparent et déjà, la même tyrannie. L'un pleure, l'autre glousse. Ce sont des voleurs.

Le banquet trinque, mange et rit. L'air est doux. L'arbre de la cour nous abrite.

Mon mari pose sa main sur ma cuisse. Il me demande si j'ai soif. Non, merci, pas de vin. Pas d'eau non plus. Ah, à peine alors.

Père, où êtes-vous ? Un homme me serre la cuisse. Défendez-moi s'il vous plaît. Je le regarde essuyer ses doigts sur la nappe, pencher la tête en arrière pour boire la dernière goutte de vin, rire en hochant la tête. Mon père ne m'entend pas.

Soudain, je cligne des yeux. Hugues est assis en bout de table, près de l'abbé Jean. Mes amis sont là. Mes amis sont venus pour m'emmener. Hugues et Jean. Nos luttes et votre merveilleuse abbaye. Alors, vous ne me méprisez pas ? Je ne vous ai pas encore découragés ? Tous les deux, ici, c'est un miracle. Je n'ai presque plus peur. La main posée sur ma cuisse est inoffensive. Ma peau ne te donnera rien, tu peux être mon mari ou l'évêque, je retrouve mes forces. Là-bas, en bout de table, serrés l'un contre l'autre, deux amis veillent. Brise-moi les jambes, petit mari. Hugues est venu. Tu es fini. Au milieu du festin, parmi les gorges et les têtes vides, le ciel m'offre sa révérence, à moi. De la tourte ? Si vous le dites. D'accord, mais pas trop. Bientôt ce banquet sera un souvenir.

Hugues est tout pâle. L'abbé Jean lui parle à l'oreille. Pourquoi se lèvent-ils, tous les deux ? Que faites-vous ? Non. Vous devez revenir. Ce n'est pas possible. Je vais tomber si vous ne revenez pas. Hugues, soutenu par Jean, se retourne vers l'arbre de la cour. Il a l'air si faible. Moi aussi, je le suis, mais personne ne soutient mes épaules ni ne m'accompagne. Je ferme la bouche pour ne pas hurler. Je sens un animal se débattre dans ma gorge. Mon ami s'en va. Je me lève pour le retenir, mais quelque chose s'agite sur mes jambes.

On a posé l'enfant sur mes genoux. Non, merci, cette chair rouge me dégoûte, vous pouvez le reprendre ? Ce n'est pas le moment, reprenez cet enfant. Hugues et Jean, attendez. Ils ont disparu. Donnez-le à la nourrice, voilà, qu'elle l'emmène très loin, vite, avant que je ne le jette contre un mur.

Le temps passe. Pour la première fois de ma vie, je suis confronté à une épreuve. Juette dépasse mon monde. Elle n'obéit pas à ses règles et n'éprouve aucune estime pour ceux qui les mettent en place. Elle se tient à l'écart de nous. Elle n'a aucune envie de nous comprendre.

Je sais d'où me vient cette étrange familiarité que je ressens alors. J'étais sûr de l'avoir oubliée. Comment font les souvenirs pour ne jamais mourir tout à fait ? Chaque fois que j'entrevois mon amie, rejaillissent les heures les plus sombres de ma vie. Cette volonté de ne pas appartenir aux vivants, cette insensibilité à l'affliction comme à l'enthousiasme, furent les miennes pendant longtemps. Je connais très bien ce mouvement de recul. Je sais combien de pas en arrière il faut exactement pour se tenir à la lisière des choses. Avant de découvrir la foi et d'entrer à l'abbaye, j'étais comme Juette. Combien de jours passés à murer mon âme ! Et ce fol espoir que les pierres protègent... Lorsque je suis Juette dans la ville, j'ai l'impression de marcher derrière mon ombre.

Elle refuse toujours de me voir. Elle reste cloîtrée chez elle. Mes jours s'enroulent autour d'une absence que ni la prière, ni l'étude des textes ne parviennent à combler. Juette, quand reviens-tu ? Je n'ai pas su te retenir. Je te demande pardon. Je peux inventer des histoires peuplées de chevaliers qui ne font mal à personne. J'inventerai un monde de lumière parfumée et de dames blanches hors de danger. Un monde sans hommes, où les enfants ne naissent pas.

J'ai lu tout ce qui a été écrit sur Job que le Seigneur décide de tester. Le supplice n'entame pas la foi du pauvre homme. Je puise dans sa douleur un peu de réconfort et me persuade qu'il s'agit, pour moi aussi, d'une mise à l'épreuve. Lors de la prière, je me recueille avec une telle ferveur que l'abbé Jean m'observe avec inquiétude.

Quand il revient de la ville, il me parle de ces cercles de dévotion formés par des femmes en opposition à l'Eglise officielle. Cette résistance lui donne du courage. Ses yeux sont presque fermés. Mon maître cite les noms de Julienne de Cornillon, une certaine Agnès qui s'occupe de la léproserie, mais pas celui de Juette. « Elles n'ont pas peur, dit-il. Notre rôle, c'est de les protéger contre l'Eglise qui brûlera tout ce qu'elle trouve. Les protéger, Hugues, parce que les gens résistent à la tyrannie. » Puis son visage s'éclaire. « Vous ai-je dit ? A Paris, maître Amaury a formé des disciples qui propagent ses idées. Ils sont quatorze. L'éternité des idées, qui passent de bouche en bouche !... » L'abbé Jean s'agite. Je baisse la tête. Pour la première fois, je doute de lui. Je crois qu'il fait fausse route. Cette révolte ne m'inspire pas confiance. Elle revendique une force bête que l'on trouve au fond des tavernes. Cette révolte veut jouer la puissance contre une autre puissance. En cela, elle est d'abord un mouvement d'hommes qui préfèrent le cri à la parole, qui croient aux poings serrés. Assez aveugles pour ne pas comprendre le piège. L'action spectaculaire, c'est exactement ce que le clergé attend. En ciblant les traîtres, il se désigne comme modèle. Et nous fonçons tête baissée.

Je voudrais tant pouvoir en discuter avec Juette. Autour d'elle, le monde s'agite. Les hommes deviennent barbares. Je songe, rongé de tristesse, à ma combattante qui rêvait des chevaliers avant de rendre les armes. Une trêve, voilà ce qu'elle a demandé. Je sais que ce n'est pas un crime, et pourtant.

J'organise encore mes journées en fonction de nos rencontres. Je sais qu'elle ne viendra pas mais je lis toujours sous les arcades du cloître. Elle aime tant les livres.

Je passe devant la maison de ses parents, puis la sienne. Comment fait-elle pour vivre au-dessus du Hoyoux ? Je reste debout dans le vacarme et la salissure. Les artisans me bousculent. Je regarde la fenêtre de sa chambre. Une fenêtre fermée. J'évite de croiser son mari.

Désormais, je guette les foires de Huy. J'ai toujours l'espoir d'apercevoir Juette. Elle adorait les foires. Elle revenait toujours les joues roses, complètement retournée, après avoir écouté les baladins. La dernière fois, j'ai voulu honorer ce souvenir. Je me suis joint à la foule massée autour d'un conteur de rue. « ... Tout chevalier connu pour sa bravoure portait dans ce pays des vêtements et des armes d'une seule couleur. Les dames courtoises portaient aussi des vêtements sem-

*blables et aucun chevalier n'était digne de leur amour s'il ne s'était illustré au moins trois fois au combat. C'est ainsi que les femmes devenaient plus chastes, et les chevaliers plus vaillants par amour pour elles. » C'était l'*Histoire des rois de Bretagne *de Geoffroi de Monmouth. C'était les yeux clos de Juette, à l'écoute de mon murmure. C'était une après-midi dans la bibliothèque. C'était la fragilité des instants parfaits. Par ma faute, ce n'est plus rien.*

J'ai longtemps cru que la solitude était une inclination du cœur. Un être seul était un incroyant. Il lui manquait la présence du Christ, seul capable de délester l'âme humaine. Aujourd'hui je comprends que la solitude est inscrite dans les lois du monde, au même titre que les feuilles des arbres ou le sang dans le corps. La solitude n'est pas un sentiment mais un élément organique. J'ai été vaniteux de croire que je pouvais y échapper.

Parfois, je me surprends à compter les jours. L'abbé Jean me ramène des nouvelles. Il glisse, l'air de rien : « J'ai croisé le père de Juette. Toujours flanqué de son évêque, celui-là. Tant qu'il peut profiter... Ah, j'ai salué Juette. » Mentalement, je récapitule. Elle aura bientôt dix-sept ans. Elle est mariée depuis quatre ans. Elle a accouché deux fois. Je n'ai qu'elle.

Et puis, un matin, alors que je lisais, assis sous les arcades du cloître, j'ai entendu quelque chose. Le gravier. Il crissait sous un pied dont j'ai reconnu le rythme, l'avancée – la matière d'un pas qu'on n'oublie jamais. L'instant d'après, Juette se tenait devant moi. Elle portait une cape bleue qui cachait ses épaules. Sa main blanche tenait le lacet sous son menton. Sa capuche relevée encadrait son visage. Ses sourcils fins étaient, comme toujours, relevés en une expression d'étonnement. Mais il y avait quelque chose que je ne connaissais pas. Ses yeux brillaient d'une lueur très étrange, une sorte de sourire qui ne parvenait pas jusqu'à ses lèvres. Ce sourire n'était ni gracieux ni tendre, mais dur, un peu buté. Il proclamait un triomphe triste. Il disait : « Je suis là », mais aussi une immense lassitude.

J'étais sûr de rêver. Juette était là, comme une divine apparition. Elle s'est assise très naturellement. Nous étions posés côte à côte entre deux colonnes de pierre. Derrière nous le jardin s'étendait sous le ciel gris. Au-delà, une puissance invisible veillait. Un souffle, seulement, suffisait à changer le cours des choses. Un souffle. Une vague de reconnaissance me submergea tout entier, si violente que les larmes montèrent. Je fermai les yeux pour remercier brièvement, mais de toutes mes forces, le Seigneur. J'avais gagné l'épreuve.

Juette parla la première. Elle regardait droit devant elle. Moi, je voyais son profil, ses lèvres bouger lentement. Je n'étais pas encore tout à fait certain d'être réellement éveillé.

Elle s'exprimait avec un mélange de ferveur et de détermination. Ce mélange s'accordait à ce sourire invisible. C'est seulement après, bien après son départ, que j'ai soudain pensé à sa voix. Juette ne murmurait plus.

[illegible] Voir [illegible]
[illegible] être capable de
[illegible]

Le matin je me lève et le soir je me couche. Vous aussi, je crois. Vous voyez : nous avons encore des points communs. Je suis revenue vous voir parce que j'avais envie de parler. Je n'ai parlé à personne depuis si longtemps. Il existe des moments dans la vie où chaque mot prononcé, même le plus petit, risquerait de mettre le feu. Je n'aime pas le feu, vous le savez. J'ai peur de l'enfer.

J'espère que vous continuez à dessiner les livres. Je ne sais pas comment vous faites pour utiliser du rouge et du jaune sans que cela ressemble à du feu. Vous transformez les couleurs des flammes en rameaux, en fleurs et en arbres. Je voudrais tant être capable de ce genre de miracles.

J'ai un corps de femme maintenant. Vous avez vu ? Non, vous ne regardez pas ce genre de choses. Moi je le sais. Mais je n'y pense plus maintenant. Je vais mourir, Hugues. Je vais mourir en souffrant. Vous savez pourquoi ? Parce que, et vous êtes le seul à qui je l'avoue aujourd'hui, j'ai souhaité une chose terrible. J'ai souhaité la mort de mon mari. Oh, je sais : j'ai honte de tant de choses. Mais cette fois, ce n'était pas une honte, ni un souhait, encore moins une peur. C'était inévitable. C'était la condition pour que moi, je continue à vivre. Vous savez comme sont mes pensées. Elles se lèvent et elles marchent toutes seules. Quand j'étais petite, j'avais mes histoires. Vous vous souvenez ? Maintenant elles sont mortes mais mes pensées mauvaises continuent à vivre. J'ai des fleurs vénéneuses dans la tête, depuis l'enfance. Personne ne peut en venir à bout. Ni Dieu ni ces cathares dont vous me parlez. On ne peut pas me sauver.

J'étais couchée sur le dos, les yeux ouverts. L'enfant allait naître. On appuyait sur mes cuisses et sur ma tête. C'était horrible. Et là, quelque chose en moi s'est décroché. Oui, décroché : comme une toute petite pièce d'un mécanisme qui se détache et dévie, seule. J'ai oublié la Bible. J'ai oublié vos mots et vos images. Et j'ai demandé la mort de mon mari. De toutes mes forces. J'ai voulu qu'elle soit un élément inévitable, à glisser dans le livre si beau que vous m'aviez montré : la Terre, l'homme, l'univers, le Christ et la mort de mon mari.

J'y ai vu ma mort, aussi. Car après une pensée pareille, et quelque rachat que je tente ensuite, c'est l'enfer qui m'attendait au bout. Je vous souhaite de ne jamais connaître cette peur. Je ne peux m'en prendre qu'à moi-même. On dit bien « Oui, je le veux » devant un prêtre, pourquoi pas devant le diable ? Cette pensée m'a condamnée irrévocablement. J'étais tombée dans le piège. Je savais que la punition serait terrible. Chaque geste accompli était encore un geste libre. J'ai vécu dans un état de somnambule.

Bien sûr, j'ai tenté d'amadouer la sentence. Il fallait être exactement comme il faut. La nuit, j'ai imploré le diable et supplié la Vierge de me pardonner. J'ai cousu, souri, récité. Les membres du clergé sont venus dîner chez moi. J'ai plié mes genoux devant l'évêque. Je les ai écartés pour mon mari. J'ai fait exactement ce qu'une bonne chrétienne doit faire. J'ai imité ma mère. En un mot, je n'ai plus pensé à rien.

Les gens me voyaient comme une tendre épouse. Ou comme une jeune accouchée. Docile et souriante. Je n'étais pas cela. J'étais celle qui, secrètement, voulait la mort de son mari.

Il fallait éviter la punition, comprenez-vous ? J'ai fermé ma fenêtre. J'ai tout oublié. Je vous demande pardon.

Je sais que vous m'avez suivie. Je vois toujours ce qui échappe aux autres. Je me souviens d'un jour de marché. J'avançais entre les étals. Vous étiez derrière moi. Vous m'avez observée soupeser des fruits, sourire aux marchands, remplir mon rôle. Je sentais votre présence comme une ombre triste. Ça m'était égal. Ne soyez pas amer. Je ne pensais qu'à une chose : sauver mon âme.

Et puis mon mari est mort. Vous vous rendez compte ? Le diable, encore lui. Le diable a voulu me prouver à quel point mes pensées étaient nuisibles.

Il y avait ce flot des jours, indifférents les uns des autres. Il y a eu cette nuit comme une zébrure nichée dans le noir. Mon mari était malade. Il toussait de plus en plus. Sa poitrine, disait-il, le brûlait tellement qu'il ne pouvait plus rien avaler. Ce soir-là, il a insisté pour que j'aille chercher le docteur. Je n'ai pas bougé. Je me suis couchée. Le lit tremblait à chaque toux. Puis les quintes ont cessé. J'ai allumé la bougie. L'homme était replié sur le côté, la tête entre ses genoux. Un râle, suivi d'un sifflement, secouait sa poitrine. Il protégeait, au creux de lui, sa dernière petite chance de vivre. J'ai regardé ce corps résister. Au bout d'un moment, je me suis tournée vers le mur. J'ai fermé les yeux. Le lendemain matin, le corps était toujours recroquevillé mais il ne bougeait plus. J'ai tendu la main pour toucher la peau. Elle était froide. Mon mari est mort à côté de moi, pendant que je dormais.

Je me suis levée. J'ai observé le lit, ce tombeau choisi par ma mère. A quoi servent, dites-moi, les cadres de chêne et les édredons de plumes ? Je me suis approchée du cadavre. J'ai touché du doigt les lignes de ce corps raide. La peau était douce, un peu élastique. Mon bourreau ressemblait à un enfant qui naît. Les genoux serrés, relevés sous le menton, laissaient voir l'arrondi des fesses pâles. Ses pieds se chevauchaient comme ceux d'un petit garçon. Avec ses bras croisés sur la poitrine, mon mari paraissait inoffensif. Sa tête était enfoncée dans les coussins. Ses cheveux étaient encore collants de sueur. J'ai avancé ma main pour caresser son oreille. Peut-être que je n'aime le corps qu'ainsi : mort, enfin accessible.

Durant tout l'enterrement, j'ai regardé mes pieds. Beaucoup d'autres pieds s'approchaient des miens puis s'éloignaient. J'ai reconnu ceux de mon père mais je n'ai pas bougé. Je ne saurais vous dire de quelle couleur était le ciel. Pourtant c'est bien moi, l'enfant qui levait les yeux vers une lumière parfumée. Maintenant je suis une femme la tête baissée, maintenue au sol par un bourdonnement de prières. Le cercueil est descendu lentement. Il emportait le jour. Tout l'espoir du jour. Subitement, j'ai eu très froid. La cloche a sonné. Chaque coup résonnait comme une sentence répétée à l'infini. Je grelottais tellement qu'il a fallu m'asseoir. On a posé deux mains sur mes épaules. J'attendais que la terre s'ouvre pour m'avaler. J'étais seule, avec la promesse de mon martyre. Seule avec mon secret.

Peut-être est-ce l'ultime sursaut avant la chute. Ou peut-être la certitude de n'avoir plus rien à perdre. J'ai décidé de laver ma vie. Même si j'échouais, j'aurais tout fait pour que Dieu me pardonne. Je m'étais tenue sage mais cela n'avait rien changé. Mon mari était mort. Il fallait faire mieux. Au-dessus de la sagesse, il y a l'isolement et la dévotion.

Après l'enterrement, j'ai placé mon enfant. Je ne veux plus en entendre parler. Je le verrai toujours comme la graine issue d'un mariage. Et puis c'est un garçon. J'ai fabriqué un ogre de plus. Une faute impardonnable, à ajouter aux autres.

Croyez-le ou non, mais le désespoir m'a donné de nouvelles forces. Mon mari avait confié ma dot à de riches marchands pour qu'ils fassent fructifier l'argent par leurs affaires. J'ai récupéré cet argent. J'ai tout donné à l'hospice des lépreux, vous savez, celui qui se trouve sur la route principale menant à Huy. Il est en ruine. Les lépreux dorment par terre. Une poignée de femmes s'occupent de ces malheureux. Je n'ai pas hésité à leur offrir ma richesse. Cet argent est sale : personne n'a transpiré pour le gagner. Mon père l'a amassé en tapant sur l'épaule de gens comme lui. Il s'est enrichi en organisant des dîners pleins d'hommes écœurants. Je n'aime pas cette richesse qui exige du calcul, de la soumission. Cette richesse propre, sans effort et sans sueur, est une matière inerte qui se reproduit seule. J'ai toujours ressenti les activités de mon père, les mêmes que celles de mon mari, comme une faute.

Mon père se fiche de mes opinions. Il ne m'écoute pas. Il ne pense qu'à une chose : me remarier. Me livrer pour gonfler sa bourse. Il m'assure que la liste des candidats est longue. La seule idée que des hommes se pressent pour me toucher me répugne. Et je vois ce père me menacer, je vois cette barbe que j'aimais tant frémir de colère, et je n'arrive même plus à être triste. Le même homme m'appelait « tête d'oiseau » durant mes cauchemars. Maintenant il m'appelle « tête folle », en levant le poing. C'est lui que j'ai regardé à l'église, quand mon mari m'a embrassée. C'est lui que j'ai choisi comme dernière image à emporter de mon enfance. A présent, il gronde devant moi. Ma mère pleure, les coudes sur la table. Je regarde le feu qui ne me verra plus jamais coudre. Le toit a été réparé. Il ne laisse plus filtrer la lumière.

« On te convoite. Ils sont tous riches. Et tu refuses une alliance profitable ! Tu me mets sur la paille. Tu as dilapidé ta dot, et maintenant tu refuses de te rattraper. Juette !

— Non.

— Non à quoi ? A qui ?

— Je ne veux plus de mari.

— Mon petit-fils ne sera pas pauvre ! »

Mon père hurle si fort que je renonce à m'en souvenir. En dernière ressource, il se tourne vers l'évêque. Je suis convoquée devant sa cour. Je dois me rendre dans ce château construit au bord de la Meuse, à l'entrée de la ville. Quand j'étais petite, il formait une tache qui barrait l'horizon. Je n'avais jamais pénétré dans cette cour en forme d'ombre carrée. Les pas résonnent contre les marches de pierre. Moi je pensais que tous les escaliers étaient en bois. La pièce est grande, très haute de plafond. Je n'ai pas le temps de compter les fenêtres. Je me demande si l'évêque mesure sa chance. Une vue si belle sur le fleuve ! Chaque matin il a droit aux étoiles vertes de l'eau, pourtant il préfère s'intéresser aux filles comme moi. De l'autre côté de la pièce, on voit la ville tout entière, offerte comme un tableau. J'ai essayé de m'approcher de ces fenêtres pour apercevoir ma maison. Un peu comme un jeu : où se trouve ton toit parmi les autres ? On distingue si bien les cours et les rues ! Mais je me suis ravisée. Je n'ai plus de maison.

Les murs affichent des tentures colorées. Je reconnais des scènes bibliques mais ces images ne me parlent pas. L'assemblée est composée d'hommes, de clercs en surplis et de chevaliers en armes. Je les vois enfin. Je m'arrête. Tout le monde se regarde, interloqué. Ce sont eux. Hauts comme des murailles. Mais je suis dehors cette fois. Je me souviens des vergers invisibles et des ponts sous l'eau. Ils ont disparu. Je sais quelles créatures dissimulent ces armures. Pour la première fois, je suis à égalité avec eux. Les mystères affaiblissent, mais je les ai tous levés. Une main pousse mon épaule et m'oblige à me tourner vers l'évêque.

Je reconnais ses yeux languides. Ses vêtements brillent comme ceux des rois. Les pierres incrustées sur sa mitre, les médaillons accrochés à sa dalmatique, l'or de sa crosse : l'évêque ne sait qu'éblouir. Ses lèvres minces bougent lentement sans se départir d'un vague sourire. Il savoure son pouvoir. Il aime me voir debout devant lui, dépendante de sa simple volonté. Je pense à maître Amaury devant son assemblée. Peut-être que lui aussi a eu peur. Tout est mis en place pour effrayer. Savent-ils que je suis promise au diable ? Que j'ai tué mon mari ? L'évêque parle fort. Je peux sentir ces regards masculins me darder jusqu'à ce que je flanche. J'entends leurs ordres, eux qui adorent soumettre. Mais lorsque mon tour arrive, ma voix est lisse. Elle se pose seule, sans effort. Ma dernière chance se joue ici.

Je demande à entrer dans l'ordre des veuves. Je rappelle mes aumônes aux lépreux. Je plaide la continence et la force de ma foi, sans aucun mal, car je suis sincère. Comment peut-on me forcer à prendre un nouvel époux alors que j'en ai choisi un, le Christ ? Le Christ avec ses mains douces et longues. Au-delà des étoiles, il veille sur moi. Durant tout mon discours, je fais des efforts pour ne pas penser aux cathares dont vous m'avez parlé. L'évêque pourrait lire dans mes pensées. J'applique ce que vous m'avez appris, cher Hugues, qui m'avez toujours conseillé de joindre aux certitudes des mots simples. Vous appeliez ça « le langage du cœur ». C'est bien ce langage qui m'a permis de dire mon attachement à Dieu, au Christ et à la Vierge, si pure.

Que pouvait faire l'Eglise ? J'ai utilisé ses armes. Je les ai retournées contre elle. Ni blasphème, ni dissidence. Juste une foi chrétienne. L'évêque crispe ses lèvres. Même ses pierres précieuses semblent ternies. Il s'incline avant de me bénir. Je suis libre.

Dehors, je peux à peine marcher. Je dois m'appuyer au mur. Mais pour la première fois depuis longtemps, je respire un peu mieux. La bénédiction de l'évêque repousse la menace. C'est un premier pas vers le rachat. Je vais m'y consacrer entièrement. Selon l'ordre des veuves, je porte maintenant une robe noire et un bonnet de toile blanche. Cet ordre est fait pour moi. Il n'exige aucun vœu, ni de religion, ni de chasteté. J'ai trop en horreur les formules définitives, les « Oui, je le veux » qui condamnent sans espoir de retour. Je souhaite seulement trouver la paix et me réconcilier avec Dieu. A dix-huit ans, Hugues, je suis un cœur fatigué.

Mais attendez. Ne vous y trompez pas. Le diable est rusé. Surtout lorsqu'on lui résiste. Il s'est mis en travers de ma route. Mon nouvel ordre exige que je suive assidûment les offices religieux et que je me tienne à l'écart des hommes. Lorsque je quitte ma maison, à l'aube, pour me rendre aux matines, je vois le diable au coin des rues. Ne me prenez pas pour une folle, s'il vous plaît. Je sais ce que je vois. Le diable apparaît sous les traits d'un homme. Il est vêtu seulement d'un pantalon de toile. Son torse est couvert de poils bruns. Vous n'imaginez pas à quel point j'ai peur. Le jour se lève. Je marche à travers les petites rues de Huy. Et soudain, à l'angle d'un mur, je distingue un buste qui se retire dans l'ombre. Pouvez-vous seulement imaginer ? Un jour, j'ai même buté contre le diable. Il était étendu par terre, sur le ventre, toujours sous la forme d'un homme à moitié nu. J'ai heurté l'homme qui a bougé. J'ai vu sa nuque et ses cheveux très courts. La nuque allongée, comme celle de mon mari lorsqu'il toussait dans le lit. Lentement, il a relevé son visage pour le tourner vers moi. J'ai hurlé. Le claquement d'un volet contre le mur m'a fait bondir en arrière. Le temps de lever la tête vers la fenêtre pour implorer de l'aide, l'homme couché avait disparu. Une fois seulement, j'ai vu son visage. A l'aube, comme toujours – croyez-le ou non, mais le diable est matinal. Je marchais, le corps brûlant de terreur. Car il ne faut surtout pas s'arrêter. Je me signe, j'implore la Vierge, je ne m'arrête pas. En passant devant une ruelle, j'aperçois brièvement... Mon Dieu, pardonnez-moi. Il y avait ce buste d'homme mais aussi... Ce buste était surmonté d'une tête. C'était celle de ma mère. Non : ne me touchez pas, Hugues. On ne touche pas les punis. Et ses yeux verts, très brillants, ses yeux de femme sur un corps d'homme, luisaient à l'entrée d'une ruelle.

Le lendemain, mon père a saisi tout le mobilier de ma maison. Un pli glissé sous la porte m'informait que, désormais, l'administration de mes biens, les miens comme ceux de mon mari, m'était retirée.

A partir de ce jour, le diable a disparu. Je l'ai même cherché ! J'ai plissé les yeux, observé les recoins, j'ai même avancé dans les ruelles sombres. J'arrivais tremblante à la messe. Jour après jour, j'ai pu m'assurer que le diable m'avait oubliée. Je pouvais marcher dans les rues le matin, le cœur tranquille. Hugues, n'est-ce pas un signe ? Celui d'une renaissance permise ? Quelle joie !

Je n'ai plus rien. Je suis aussi libre que vous. Si vous saviez comme je me sens soulagée ! Mes journées s'écoulent dans la grande salle vide. Je me souviens des bols de soupe avalés devant mon mari. Il me prenait la main pour monter dans la chambre. Plus personne ne me conduira jamais dans une chambre. Je passe en revue les hontes que je peux effacer. Une question revient sans cesse : comment échapper au souvenir de mon mari, de mon père, des prêtres ? Comment échapper aux hommes ?

Je connais la réponse. Toi aussi sans doute, mais il est encore tôt. Je te regarde, assise à mes côtés. Je t'écoute. Tu deviens complètement folle. Cette folie se déploie devant moi avec lenteur et majesté. Elle ressemble à ces fleurs rouges dont tu parlais, ces plantes vénéneuses, ces algues blanches. Elle a toutes ces couleurs. Elle prend sa place dans le monde comme la faune, la flore et les animaux que Dieu a créés. Je ne peux pas me défendre contre elle. D'instinct, je sais que je vais l'accueillir. Ta folie va s'installer chez moi, au creux de mes jours. Je sens l'extraordinaire emprise de tes mots. Que j'y croie ou non n'a pas d'importance. J'y serai, de toute façon, attentif. Et ce que tu dis me lie à toi pour toujours. Tu m'offres cette pureté que j'ai cherchée partout. La barbarie ne fait plus peur. Moi aussi, je veux un monde d'histoires et d'apparitions, un monde sans force ni orgueil. Un endroit loin des hommes mais qui, pourtant, bannit la solitude. Je m'y attendais un peu. Depuis le moment où tu as commencé à me parler. Mais t'entendre prononcer le mot, t'entendre décrire la scène avec tant d'émotion, dépasse ce que j'imaginais. Je ne saurai jamais ce que, de ton esprit tourmenté ou de tes visions, je préfère.

Peut-être qu'en aimant la source, on aime aussi le torrent. Ce que je sais, c'est que je ne pourrai plus me passer de toi, nouvelle Juette. Il aura fallu cette soirée chez tes cousins et les yeux de leur ami brillant de convoitise, pour que tu te transformes.

Tu connais vaguement cet homme. C'était un ami de ton mari. C'est lui qui a été désigné pour être le tuteur de ton fils. Cet homme te désire. Tu as mis les distances, comme tu le fais si bien. Mais voilà que ce soir, des cousins l'ont invité à dîner. Ils l'ont placé en face de toi. Cet homme n'a pas cessé de te regarder. Il voit à quel point tu es jolie. Il sait aussi que tu es libre.

A la fin du dîner, les cousins lui ont proposé de rester dormir. Flairant le danger, tu as demandé à dormir dans la grande salle avec une servante. Je devine ta pâleur. Ton cœur qui cogne. Tu t'es couchée tout habillée. La présence de la servante te rassure un peu, je suppose, un peu seulement. De toute façon, elle s'est endormie, je me trompe ? Tu es seule avec l'imminence de ce danger. Tu respires à peine. Cet homme va venir. Bien sûr qu'il va venir. Il n'a que l'escalier à descendre. Cet escalier raide descend du plafond comme une langue. La maison est silencieuse. Les gens dorment. Cette innocence t'éloigne d'eux pour toujours. Bien sûr qu'il va venir. Tu pourrais réveiller la servante mais tu as terriblement honte. On t'a appris à subir la loi des forts. Je peux t'entendre pleurer de peur. A quoi ressembles-tu à cet instant ? A ce que tu n'as jamais cessé d'être : une petite fille menacée par le désir des autres. Regarde tes poignets minces, ta nuque tremblante, et dis-moi quelles sont tes armes.

Tu serres le drap sous ton menton, toi qui n'aimes serrer personne. Mais ça n'a aucun sens. Les hommes enlèvent les draps. Un premier grincement te fait sursauter. Tu lèves les yeux vers la trappe et tu distingues, dans l'obscurité, les contours d'une cheville posée sur la première marche. Une cheville épaisse au-dessus d'un pied large. Il faudrait crier. Ta bouche ne s'ouvre pas. Encore un grincement et le corps de l'homme se met en mouvement. Pied, cheville, mollet. Comme ceux de ton mari. Comme une souffrance reconduite. La sueur dégouline dans tes yeux. Est-ce à ce moment que tu la vois ? Ou bien a-t-elle attendu que l'homme descende encore un peu, jusqu'à la taille ? Mais elle est venue. Elle apparaît subitement dans sa grande robe blanche. Ses cheveux sont dénoués. Elle se tient face à l'escalier. Sa tête pivote vers toi. Elle offre un merveilleux sourire. Tu aperçois des lumières matinales, une paix indifférente au galop qui s'approche. Emportée par ce sourire, tu fais tes premiers pas vers un monde lointain, peuplé de femmes plus courageuses qu'une armée d'hommes. Il n'existe pas de force plus intransigeante, et plus intègre, que la naissance d'une certitude. Pour cela, ce monde interdit les retours. C'est ton enfance que tu regardes passer, peut-être une dernière fois, cette enfance avec une tête d'oiseau. Tu serres toujours le drap sous ton menton, même lorsque la dame blanche entreprend de monter l'escalier. Elle pose son pied nu sur la première marche. Alors le plancher grince suffisamment fort pour que les jambes de l'homme s'arrêtent. Elles tremblent un peu. Toute ta vie, Juette, est concentrée sur cette paire de jambes qui n'a pas encore complètement renoncé. Les pieds hési-

tent. Ils sont aussi parlants qu'un visage. Quelqu'un monte, donc, et si ce n'est pas Juette ? Comment expliquer ce déplacement nocturne sans perdre l'honneur ? La dame se tient là, entre toi et cette violence, comme un bouclier blanc. Tes vieux rêves s'interposent en soldats fatigués mais vaillants. Elle monte encore. Chaque grincement résonne comme un cri de défense. Alors le pied de l'homme s'incline à la façon d'une danseuse. Il pose son talon sur la marche précédente. Il remonte. Son mollet, sa cheville et son pied reculent pour disparaître progressivement, aspirés par le noir. Tes lèvres s'ouvrent. Ainsi tu seras entrée dans ce monde la bouche béante, les yeux écarquillés, comme les tout petits enfants. A l'instant où la dame s'efface sans un bruit, tu bondis de ta couche et tu t'agenouilles, sanglotante.

Ensuite ton chemin est tracé. Tu cherches un espace aussi grand que tes obsessions. Un endroit en bordure, délaissé, qui t'attendait pour renaître. Toute la ville en parle. Tes parents se terrent de honte. Même l'abbé Jean s'étrangle : « L'hospice des lépreux ? Mais pourquoi ? Il s'agit de lutter, pas de s'enterrer ! » Chacun le voit ainsi : Juette nous quitte. Moi, je crois qu'enfin, te voilà.

Pour un homme, c'est facile. Il peut partir en pèlerinage, en croisade ou bien entrer dans un monastère. Mais une femme ? Impossible de prendre la route sans être agressée. Je ne peux pas entrer dans l'ordre de Hugues ni dans celui des cisterciens. Ils sont réservés aux hommes. Les couvents des religieuses sont rares et n'acceptent que les nobles. Si j'aspire à un peu de paix, je dois chercher ailleurs. J'ai de la chance : il y a, dans la léproserie, des femmes comme moi. C'est à elles que j'ai offert mon argent. Elles sont adolescentes, veuves ou même épouses. Elles viennent toutes de mon milieu. Que veulent-elles ? Une place. Alors elles s'organisent en marge de l'Eglise.

Désormais je me bats à leurs côtés. Nous sommes six femmes. Je ne les connais pas encore très bien. Il y a Marguerite, encore adolescente. Et puis Agnès. Elle est la plus âgée. Elle a quitté son mari pour fonder notre petit cercle. A l'entendre, nous ne sommes pas seules. Nombreuses sont les femmes dans le pays qui se rassemblent. Toutes veulent vivre leur foi loin des consignes du clergé. Pour la première fois, je découvre un combat commun.

J'étais debout, appuyée au mur de ma maison. C'était un jour comme tant d'autres. Un jour de solitude filandreuse qui me maintient à la lisière du monde. Du matin au soir je restais blottie contre le souvenir de cette nuit. Je pensais à la dame en blanc aperçue au bas de l'escalier. La force et l'amour qui émanaient d'elle venaient d'une autre époque, celle de mon enfance. Peut-être que je ne les avais pas perdus. Peut-être que j'en étais encore digne. J'espérais tant que ce miracle se répète. Que Dieu me dise : « Marie te protège. Le diable ne viendra pas te prendre. » Autour de moi planait l'odeur des peaux et de la viande charriée par le Hoyoux, comme un rappel funeste. Impossible de m'y habituer. Chaque coup de vent amenait sa pourriture et me renvoyait à ma vie.

Soudain Agnès est entrée dans la cour. Je ne l'avais même pas entendue pousser la porte. Elle portait un bliaud de laine sur une tunique bleue. Son regard était en paix. J'ai remarqué tout de suite ses cheveux. Un mélange de blond et de roux, comme moi. Un simple lacet, au milieu du dos, liait ces cheveux dont le cours épais dégringolait jusqu'à la taille.

« Bonjour Juette. »

J'ai baissé les yeux. Agnès ne portait pas de chaussures.

Je ne lui ai pas révélé mon secret. Ni à elle ni à personne. Si mes compagnes apprenaient que j'ai souhaité la mort de mon mari, elles me chasseraient. On ne garde pas quelqu'un qui a buté sur le diable.

Le soir même j'ai dormi dehors. Je me suis allongée dans la cour en veillant à ne pas froisser ma robe. Le bonnet protégeait ma tête. J'avais les mains posées sur le ventre. Le ciel, voilé de nuages, n'offrait pas d'étoiles. Que voit-on depuis les nuages ? Des toits gris, des ruelles et des cours carrées. Parmi elles, mon corps étendu. J'ai écouté les voix des artisans qui déclinaient lentement. La terre était dure. Elle a laissé de grandes traces sur ma robe noire.

Au matin Hugues est venu me chercher. Ensemble nous avons fermé la porte. J'ai regardé ses gros clous. Dehors le vacarme avait repris avec le jour. Je me suis retournée une dernière fois. Les arcades de la maison enjambaient le Hoyoux, comme deux jambes frêles au-dessus de l'eau rouge.

Sans un mot, nous avons traversé la grande place. Des femmes étaient assises au bord de la fontaine. J'ai reconnu les servantes de ma mère. Aujourd'hui commençait la foire aux bestiaux. Les meuglements recouvraient la ville. Nous avons passé les remparts pour traverser le pont. Sous nos pieds, la Meuse chantonnait. Elle coulait comme une révérence adressée aux partants. Des barques accostaient. Tout annonçait le remue-ménage et la joie. La route de Liège était encombrée. Des troupeaux de porcs, de moutons et de vaches venus pour la foire s'éparpillaient vers les collines. Les paysans criaient. Les carrioles renversaient leur chargement. Deux fois, Hugues a ouvert les bras pour me protéger.

Bientôt la route fut presque vide. Les coups des forgerons devinrent un murmure. Nous suivions le fleuve. Je n'ai jamais su où il allait. Il coule, tête en avant.

Fille de Meuse, toi et toi
Et même vous, petites filles
Que le bon Dieu mit sous mon toit
Filles de Meuse et joie de vie.

Ma mère ne chantait jamais ce dernier couplet.

Nous l'avons vue de loin. C'est une grande bâtisse carrée de deux étages. Les ronces recouvrent les murs. Des oiseaux s'envolent des fenêtres. Elles forment de grands arcs qui donnent sur le fleuve. La porte, très haute, est coupée de moitié. Le bois vermoulu a cédé depuis longtemps.

J'ai reconnu la silhouette d'Agnès qui marchait jusqu'à nous. Hugues l'a à peine saluée. Il gardait les yeux rivés sur la léproserie. Il a poussé un énorme soupir : « Juette, c'est une église en ruine ! »

Seule la première pièce est habitée. A l'autre bout, Agnès a installé une chapelle de fortune ainsi qu'une petite cuisine. La cheminée est large mais pas assez pour chauffer l'ensemble. Le moindre souffle résonne. Un courant d'air se transforme en bourrasque. Il faut imaginer cet endroit rempli de corps tordus, couverts de nœuds. Hugues avait l'air effaré. Il regardait Agnès qui déambulait parmi eux. Moi, je souriais. Tout de suite, j'ai aimé ces corps qui ressemblaient au cadavre dans mon lit. Je les ai vus ainsi : comme des centaines de maris morts. Ils ne portaient ni venin ni menace. Seulement une immense douleur. Celle de la maladie mais aussi celle, bien plus terrible, de l'humanité déchue. Comment avoir peur ? La lèpre a beau être contagieuse, je ne la vois pas comme un danger. Elle emprisonne les corps pour les réduire en objets inutiles.

J'ai parcouru lentement les lieux. Hugues grimaçait. L'odeur est très forte. En bas, c'est une odeur de maladie et de mort. A l'étage, de pourriture et de fientes d'oiseau. Une cour perce le bâtiment en son centre. Elle est jonchée de détritus. Les corbeaux viennent s'y poser. Il y a même un cercueil fermé. Les murs sont si noirs et cette cour si profonde qu'on se croirait en pleine nuit. Le jour a renoncé à descendre si bas. Mais on entend couler la Meuse. Son murmure paisible entre par les fenêtres pour adoucir ce désordre.

Je suis revenue dans la grande pièce. Les lépreux étaient posés sur le sol, comme cloués par l'incroyable lumière tombant du toit. Je parle de toit... En réalité, il s'agit d'un énorme trou bordé de planches pourries. Lorsqu'il pleut, les lépreux se serrent contre les murs. La pièce se retrouve inondée.

Quand j'étais petite, je croyais que la lumière était odorante. Maintenant je crois bien qu'elle est sonore. Lorsqu'on entre dans la léproserie, c'est cela qui saute aux oreilles. Des cris rauques montent du sol pour s'emmêler à l'air blanc. Car la lèpre attaque la gorge. Impossible de ne pas voir, dans ce mélange de souffrance humaine et de lumière cristalline, la définition même de Dieu.

J'ai retroussé mes manches, attentives à me montrer digne de Lui. Je me sentais pleine d'une force neuve. J'ai d'abord saisi une bêche pour déblayer la cour. La boue a recouvert mes sandales. Penchée sur mon travail, je n'ai pas entendu Hugues partir. Quand je m'en suis aperçue, il était trop tard. Je me suis précipitée à la porte. Sa silhouette avançait sur la route. Avec sa robe blanche, Hugues ressemblait à un grand fantôme égaré au bord du fleuve. Il s'est retourné en agitant la main. Ma nouvelle vie pouvait commencer.

Agnès m'a donné une tunique. Le soir même, elle m'a emmenée dans une petite maison attenante à la léproserie. Depuis la route, on ne la voit pas. Elle se niche derrière, dos à la colline. J'ai fait le tour de la pièce, une bougie à la main. Des matelas étaient posés à terre.

« Nous dormons toutes ici. C'est propre. »

J'ai avancé la bougie vers mon visage pour qu'Agnès me voie bien. Je lui ai expliqué qu'il m'était impossible de dormir là. Je souhaitais vivre parmi les malades. Il faudrait donc m'installer une paillasse près de la chapelle. Plus tard, Agnès m'avouera qu'à la lumière de la bougie, mon visage était effrayant. De grosses ombres cernaient mes yeux. Mes cheveux luisaient d'un éclat jaune. « On aurait dit la femme du diable », me dira Agnès.

Ce fut ma première grande surprise : mes compagnes m'ont immédiatement acceptée. Les vraies places se gagnent sans bataille. Je suis arrivée et le cercle s'est ouvert. Personne ne tord mes cheveux ni ne me maintient allongée. Personne ne me veut de mal. Mes questions ont cessé. Nulle frontière entre les autres et moi. Ces femmes me ressemblent.

Elles m'interrogent souvent sur la nuit de l'apparition. Quand je leur raconte la dame en blanc qui montait l'escalier, elles cessent leurs activités puis se regroupent autour de moi. Après, les femmes pleurent en silence.

Tous les soirs, nous nous regroupons dans la grande pièce. Nous sommes assises par terre, devant le feu. Les mots enfouis ont leur chance. Je me suis tue si longtemps. Je peux enfin parler du mariage. C'est un asservissement terrible qui éventre et cisaille. Un projet que l'on réserve aux faibles. J'avertis mes compagnes : oubliez les consignes de l'Eglise et des familles. Certaines, comme Agnès, sont encore mariées. Je les oblige à se souvenir à voix haute. Elles doivent décrire cette prison dans les moindres détails car c'est l'oubli qui génère la malédiction. Pour les aider, je leur pose des questions. A quoi ressemblent les mains d'un homme ? Quels bruits fait-il ? Que ressent-on lorsqu'on ouvre les jambes ? Souvent Marguerite éclate en sanglots. Les autres baissent les yeux.

Rien n'arrête ma colère. Je mets en garde contre les prêtres qui couchent avec leurs paroissiennes. Les gens du clergé ont le vice dans la peau. Ils ont les mains graisseuses et la tête sale. Je promets que si l'une d'entre nous s'approche d'un homme du clergé, elle sera exclue de notre cercle. Je leur apprends aussi comment dompter son corps. Il ne faut jamais rien en attendre. Il n'est capable de rien sauf de se déformer, pour un homme et pour un enfant. Il faut apprendre à l'oublier. Je leur rappelle que, si nous sommes ici, c'est pour vivre notre foi et tendre la main aux miséreux.

Je leur montre la Bible. Est-ce un hasard si les dissidents s'y réfèrent sans cesse ? Elle est la seule parole à entendre. Il y est dit que la lèpre est associée au péché mais aussi à la rédemption. Dans l'Evangile, le Christ purifie les lépreux. N'est-il pas apparu sous les traits d'un lépreux à saint Julien, fondateur des Hospitaliers ? Il n'y a donc aucune raison pour que l'Eglise rejette ces malheureux. Il faut, au contraire, les soigner et leur rendre leur dignité perdue.

Pour cela, nous devons être fortes. Il n'y a qu'un seul hôpital dans la région. Il est installé dans les murs de la collégiale. Il faut en construire un deuxième. J'ai à peine trente sous dans ma poche. Et pourtant, personne n'ose nous refuser un service. Même les hommes des tavernes me regardent avec respect. Je suis fière de pouvoir crier en public ! J'étais sûre de ne jamais y arriver. Je n'ai aucun mal à convaincre. Ici, tout le monde a un proche atteint par la lèpre. « C'est une deuxième mort que de les oublier au bord de la ville. Si vous donnez de l'argent, les malades ne mourront pas comme des miséreux. Rappelez-vous la Bible. Le lépreux est d'abord un malheureux qui a besoin d'aide. Car chacun a droit à la décence. Donner pour un lépreux, c'est donner pour l'humanité entière. Votre charité vaut toutes les messes. »

Ni Agnès, ni Marguerite n'avaient songé à expliquer ouvertement notre engagement. Le résultat est inespéré. Des familles nous demandent des nouvelles de leurs proches malades et nous couvrent de cadeaux. Beaucoup se disent soulagés. Grâce à nous,

Dieu n'abandonne pas les plus faibles. La quête à la sortie des églises est très fructueuse. Hugues ajoute qu'en plus les gens sont heureux de pouvoir agir alors que le clergé ne fait rien. Ainsi, en échange de prières et de soins pour son fils, un tisserand nous a presque offert sa boutique. Des draps de lin recouvrent maintenant les fenêtres de la léproserie. Et chaque malade a sa couverture de laine. Récemment, un noble de la ville, propriétaire de plusieurs ponts sur la Meuse, heureux de savoir son épouse entre nos mains, a décidé de nous verser l'intégralité du péage.

Avec cet argent, j'ai pu ramener de Huy des maçons qui avaient travaillé avec mon père. Ils ont reconstruit le toit. Je les ai surveillés durant les travaux. Je sentais leurs regards passer sous ma tunique.

Je rêve d'une bibliothèque. Elle recouvrirait tout un mur du premier étage. Les malades aussi ont le droit d'écouter des histoires.

Mes compagnes et moi allons régulièrement au marché de Huy. Je suis rentrée avec du tissu et de la paille. Toute la nuit, nous avons fabriqué des matelas en priant à voix haute. Les malades auront de la nourriture correcte. Avec l'hiver qui arrive, nous devons encore leur coudre des tuniques neuves. Je voudrais aussi des baquets pour les laver.

A l'heure de la prière, que j'ai instituée plusieurs fois par jour, tout le monde se rassemble. Seuls les mourants en sont dispensés. Les femmes aident les malades à se regrouper. Les plus valides se déplacent seuls. Sinon, on tire les matelas jusqu'à moi. Le silence est impossible à obtenir. Mais dès que j'entame la prière, les cris rauques baissent d'intensité. Certains lépreux roulent sur eux-mêmes pour ne pas hurler. Ma voix s'élève dans cette grande pièce. Je ne récite plus. Je m'écoute et les mots viennent seuls. Le recueillement est intense. Je finis toujours par une série de questions. Je veux que les femmes me disent pourquoi elles sont là. Ce qu'elles ressentent. Ce qu'elles attendent.

Ensuite nos activités reprennent. Chacune sait ce qu'elle doit faire. J'ai organisé différents ateliers : couture, lecture biblique, soins... Mes compagnes craignent d'attraper la maladie, elles aussi. Elles mettent des gants. Certaines enroulent leur tête dans des écharpes. Moi je touche beaucoup les malheureux. Je m'agenouille près d'eux pour bander leurs membres mutilés. Mes mains sont nues. Cela me paraît normal. Je suis une exclue parmi les exclus. Je ne veux appartenir à aucun groupe ni subir d'influence. Hugues m'informe toujours sur les dissidents qui s'organisent dans le pays. L'idée même de leur existence me rassérène. Mais je ne marcherai pas avec eux – je ne marche avec personne. Ma place est trouvée. Je n'écoute que moi désormais.

Mes cheveux tombent jusqu'à ma taille. Ils me tiennent chaud. J'aime sentir mes pieds nus contre le sol terreux. J'ai superposé des tuniques sans ceinture ni foulard. Pour la première fois je réponds, seule, aux besoins de mon corps. Aucun texte ne m'a appris le respect de ses besoins élémentaires. Il suffit pourtant de les combler pour se sentir en paix. Le froid, la faim, le sommeil : c'est donc si simple, un corps. Il est presque aussi léger qu'avant. J'ai enfin perdu ces hanches de femme élargies par les repas de baptême.

La présence de la Meuse me ravit chaque jour. Le matin je sors pour contempler son éclat qui survit à tout. Toute ma vie j'ai attendu cet instant. Je me tiens sur la berge et je regarde la nuit se dissiper. Ses pas d'ombre s'évanouissent dans le ciel rose. J'ai inventé un jeu : fixer, sans ciller, la lumière sur l'eau. J'écarquille les yeux pour saisir la renaissance du fleuve. Le jour perce sa transparence jusqu'à la faire briller comme un diamant. Quand finalement je cligne des yeux, de grosses larmes s'en échappent. Je ne peux pas m'empêcher de rire.

J'ai appris les bruits de la route. Le chuintement des roues lisses, la cavalcade de plusieurs montures, les tissus flottant dans le vent ou la marche poussive d'une carriole : je reconnais la visite officielle d'un échevin, l'arrivée du prince-évêque ou la tenue des foires. Cela me suffit. Agnès me ramène des nouvelles. L'agitation de la ville me gêne de plus en plus. Et puis les mauvais souvenirs y sont trop nombreux. La maison de mon mari me nargue, posée sur son eau pleine de sang. L'autre jour, j'ai aperçu ma mère sur la grande place. Elle discutait avec un marchand de cuivre. Je suis vite passée. Je me suis engagée sans réfléchir vers les ruelles montantes. Vers mon enfance. Lorsque je m'en aperçois, je rebrousse chemin. Certaines routes mènent trop haut. L'âme ne peut avancer sans vertige. Saint-Mengold appartient au passé. Quand je repense à la cour de mes parents et à mon arbre, mon cœur se serre si fort qu'au cours de la prière commune, il m'arrive de pleurer. Les jours suivants, je demande à Hugues de venir. Et je redouble d'efforts envers les lépreux.

Les jours passent. Le ciel est un gant blanc qui protège les collines gelées. La Meuse déroule son flot d'émeraude sous une couche de glace. Agnès a cousu des capes de laine et des bonnets pour nous toutes. J'ai dû remettre des chaussures. Les sabots remplis de paille empêchent de glisser. Grâce aux collectes, j'ai installé des chaufferettes en laiton. Les gens nous alimentent en bois pour entretenir les braises. Mais l'hiver tue de nombreux lépreux. Nous les retrouvons après une nuit glaciale, bleuis par le froid, figés dans leurs derniers gestes. Nous les rendons aux familles. Les corps sont bénis. Ils reposent dans des cercueils que nous avons fabriqués. Les proches viennent avec une carriole. Les hommes hissent le cercueil pendant que nous chantons. Si personne ne réclame le cadavre, nous organisons une cérémonie dans la forêt. Nous creusons la neige pour y enfouir le cercueil. J'aime ces messes un peu étranges. Quand je lis la Bible, mon souffle monte vers le sommet des arbres. Hugues pourrait sûrement dessiner un souffle blanc sur une page vide.

Nous avons aussi perdu trois de nos compagnes. L'une est morte après une violente fièvre. Les deux autres sont rentrées auprès de leur famille. Ces départs ne me découragent pas. Notre travail paie. Nous devenons indispensables. Un signe : lors de nos quêtes devant les églises, les prêtres nous saluent à peine. Je sens qu'ils se méfient. Ils me redoutent au point que l'évêque en personne est venu visiter la léproserie. Son cortège formait un nuage de neige, stagnant sur la route comme un essaim immobile. Son manteau d'hermine traînait par terre. Je me suis demandé combien de bibliothèques pourraient être construites avec les perles cousues sur sa mitre. Des dizaines, certainement. Il a inspecté les lieux en restant à l'écart des malades. L'occasion était trop belle.

« Bénissez-les, Monseigneur. Une seule de vos mains posée sur leur front suffirait à les sauver. »

Ses yeux n'ont pas cillé. Mais sa voix basse coupait comme un fil.

« Eh bien, Juette, je vois que votre nouvel ordre vous donne des ailes. Qu'en pensent vos parents ?

— Je ne sais pas.

— C'est dommage... Vous savez, vous n'êtes pas obligée d'expier les fautes de votre père. J'entends par faute cette richesse contre nature, amassée grâce aux affaires... Toute la ville en est là. Mais personne, et surtout pas le clergé, ne vous demande, à vous et vos compagnes, d'endosser cette honte.

— Vous êtes trois fois plus riche que mon père. »

Je découvre la liberté. Nous nous organisons comme bon nous semble. J'aime l'idée que chacune est libre de repartir à tout moment. Nous ne sommes pas unies par un vœu mais par le même choix. Quel bonheur que ce choix ! Chaque matin je savoure l'effort que me demande ma nouvelle vie. J'écoute mon cœur. Ce n'est qu'à lui que je dois d'être ici. Je comprends beaucoup de choses en lisant les écrits de Marie d'Oignies, d'Ida de Nivelles. Le dévouement sans le serment. La religion sans clergé. Surtout, la foi au service des autres. « Fidèles à Dieu comme à elles-mêmes », disait l'abbé Jean en parlant de ces femmes.

Pauvre abbé Jean : son ami maître Amaury est mort il y a quelques jours. « Mort de chagrin, à cause de l'Eglise », dit l'abbé qui ne pardonnera jamais la rétractation de son ami. Il est parti à Paris pour saluer une dernière fois son corps. Il a promis également de saluer les élèves d'Amaury. Hugues me raconte les dîners où il rumine sa colère, indifférent au reste du réfectoire. Il passe ses nuits à relire Aristote. Il reste à espérer que sa peine durcisse son engagement. Le mien a été renforcé : puisque le pape tue les professeurs, ce sont des femmes qui parleront.

Je suis très heureuse, même si j'ai encore beaucoup de travail. Le souvenir de la mort de mon mari reste brûlant. Je sais que rien n'est gagné. Dieu m'a envoyé la dame blanche pour m'offrir son pardon. Il s'agit désormais de lui prouver ma reconnaissance. Et de prouver surtout que je ne suis pas mauvaise. Je vais m'installer ici pour longtemps. Je n'ai aucune nouvelle de mon fils ni de mes parents. Je n'en veux pas. Je préfère m'occuper des lépreux et aussi de mes compagnes. Je leur transmets ce que m'a appris Hugues, en particulier ce langage intime pour parler à Dieu. Je les reprends, les corrige, je les pousse à vivre pleinement leur foi. Mes compagnes apprennent à dire « je » et « pourquoi ». Elles doivent aussi percer cette poche noire pleine de secrets, tapie en chacun de nous. Je veux tout savoir d'elles.

Hier matin, après avoir passé la nuit à veiller les mourants, j'ai pris ma cape et mon bonnet. Je suis allée suivre le fleuve. A travers la brume, j'ai aperçu la ville que les hommes engraissent. Cela n'a plus d'importance. Les marins peuvent rentrer de la Baltique, les conteurs enchanter les ignorants, les maris peuvent poursuivre leur travail de destruction, et les prêtres s'allonger sur leurs fidèles, je n'ai plus peur. J'ai tourné vers les bois. Ils étaient recouverts de silence et de givre. La lumière dentelée perçait les branches. Une petite rivière coulait comme un filet de Meuse égaré parmi les arbres. Les berges trempaient leurs herbes blanches dans le courant. C'était un bel instant. Je me suis penchée au-dessus de l'eau. J'ai vu mon reflet. Hugues dit que les orages n'existent pas, que les vraies tempêtes passent comme un souffle. Agenouillée devant mon visage, j'ai su qu'il avait raison. Mes joues étaient rouges de froid. J'ai baissé ma capuche pour toucher mes cheveux. Puis j'ai lentement caressé mes yeux, mon nez, ma bouche. Au loin le galop d'un cheval est passé sur la route. Je m'appelle Juette, je n'ai plus d'âge. J'ai une revanche à prendre.

Le corps dort parmi les cierges. Le visage est paisible. Les paupières closes et les mains jointes transforment la mort en repos bienfaiteur. Mais maître Amaury ne parlera plus. On le sait. Il repose entre les mains de Dieu.

Les élèves forment un mur autour de lui. Ils sont jeunes et maigres. Une bible passe de main en main et chacun à tour de rôle lit un verset. Le recueillement est si profond que la chapelle ressemble à un puits. Nous sommes arrivés silencieusement. Nous avons marché dans la travée avec soin, comme deux chats.

Les élèves s'écartent pour laisser passer l'abbé Jean. Il contemple, hagard, son ami mort. Ses lèvres bougent sans un son. Moi, je ne sais plus qui, de mon maître ou d'Amaury, est un cadavre. Ils ont tous deux le visage blanc. L'assurance, la certitude, la hauteur de celui qui m'a recueilli et élevé, s'effondrent. C'est maintenant un vieil homme qui hésite à caresser un corps. Sa main s'approche puis recule. Sa main qui n'a jamais faibli. Je pâlis au point qu'un élève me tapote gentiment le bras.

Je sors doucement l'abbé du cercle qui se referme aussitôt, telle une bouche noire. Nous reculons à petits pas. Je le soutiens lorsqu'il s'assied. Je m'aperçois qu'il ne pèse pas plus lourd qu'une feuille. Ses épaules tombent. Il ressemble à une boule de chair oubliée sur un banc. De grosses larmes coulent autour de sa bouche. Je ne l'avais jamais vu pleurer. Ce spectacle me dégoûte. J'ai honte. Et si je n'étais pas un homme de Dieu ? Si je n'avais rien appris ? Cette révélation me coupe le souffle. Je me sens minuscule, écrasé par ma propre ignorance. Il me manque la compassion charitable, le cœur ouvert comme un ciel, car comment expliquer mon envie de fuir plutôt que de consoler ?

Nous restons longtemps assis. Je prie pour moi. Parfois un élève quitte le cercle pour nous rejoindre. L'un d'eux, encore adolescent, s'approche. La lumière des bougies forme des taches sombres sur son visage. Elles tremblent au gré des petites flammes, donnant à ce visage un relief mouvant, des rides intensément expressives. Ces plis de vieillard assortis à l'adolescence me mettent mal à l'aise. Je repense au diable que Juette voyait à l'entrée des ruelles. L'élève nous adresse un sourire d'une horrible tristesse.

« Il nous a appris que Dieu est dans tout pain, et pas seulement dans le pain sacré. L'Eglise ne décide pas de ce qui est sacré ou non. Il nous a chargés de transmettre cette parole. Et nous la transmettrons. »

Puis il rejoint les autres. Je ne peux m'empêcher de murmurer : « Quel âge a-t-il ? » L'abbé hausse les épaules. Il fixe ses mains qui pendent vers le sol.

Autour de nous, de grosses colonnes sortent du sol pour se diviser en trois arcs qui recouvrent le plafond. J'aurai beau bouger, changer de banc, changer de vie : toujours il y aura ce toit formé par-dessus ma tête qui couvre le ciel et m'empêche de le rejoindre. Je marche un peu le long des bancs... Où que je lève les yeux, mon horizon est celui d'arcs qui se rejoignent, mêlant leurs doigts de pierre en une danse obscène. Je ne veux plus voir le dos courbé de l'abbé Jean.

Je pousse une porte au hasard. Elle donne sur une petite salle attenante à la chapelle. L'odeur me serre le cœur. Je reconnais les pupitres et les instruments. Leurs formes se découpent dans la pénombre. Les petits pots de poudre patientent comme s'ils m'attendaient. Autour de moi, il n'y a que l'attente gonflée de chagrin. En m'installant devant la tablette, j'ai le sentiment d'atteindre enfin une île, un lieu sans larmes. C'est le dernier endroit qu'il me reste. Ici je suis à l'abri. Ici commence mon domaine. Mais les gestes que j'exécute au quotidien, et que je m'apprête à répéter, me trahissent. J'arrache une feuille de parchemin. Ma main se saisit d'un stylet. J'entame la piqûre sans tenir compte de la rage avec laquelle je troue la feuille. Je la perce comme on poignarde un corps. Mon bras s'agite avec une régularité assassine. Autour, rien ne bouge. Les pupitres ressemblent à de gros animaux somnolents. Les pinceaux qui émergent des pots hérissent tranquillement leurs dards. Le carnage passe. Je me défends, voilà tout. Le stylet perfore avec un bruit sec. La page se plie et se déchire. Puis je tire de grands traits pour un texte improbable, un texte que personne n'écrira et que je connais par cœur. Ce texte dit que Juette ne mourra pas. J'en trace les lignes et l'épaisseur des colonnes. Je laboure le papier pour qu'il n'oublie jamais ces phrases à venir. Il s'émiette mais ne perdra pas la mémoire. Chaque lambeau a droit à sa réglure, même sauvage, même destructrice. Le stylet dérape et m'entraîne. Je m'affale contre le pupitre et mon dos se raidit, cloué par la peur, suffoquante, que ce texte ne s'écrive jamais.

Hugues est la seule personne que je vois encore. Il vient souvent. Je guette le bruit de la lourde porte à double battant. Un parfum d'herbe s'engouffre dans la léproserie. Puis la grande silhouette fluide et blanche apparaît. Hugues marque toujours un temps d'arrêt quand il rentre dans cette immense pièce, peuplée de fantômes qui saignent. Ça crie, ça se tord, ça meurt tous les jours. Mon ami me cherche des yeux. Il me trouve dans un coin, debout devant un baquet, occupée à laver un lépreux. La pauvre créature geint de douleur malgré l'éponge tiède que je passe sur son dos. Ses doigts terreux, couverts de pustules, s'agrippent aux bords comme ceux d'un noyé.

Hugues ne se laisse pas attendrir. On dirait même que cet endroit l'effraie. Agnès ne s'approche plus de lui. Chaque fois qu'elle l'accueille, il lui adresse à peine la parole. Ce n'est pas grave. Il est là et c'est essentiel. Chaque pas est une preuve que notre lien existera toujours. Hugues marche vers moi et c'est une victoire recommencée.

Il jette un coup d'œil inquiet au baquet. Presque immédiatement, il me propose de sortir. J'enfile une cape. L'air est encore frais mais je ne couvre pas mes cheveux. Nous marchons le long de la route. Notre pas est calme. Parfois nous croisons une carriole chargée de légumes couverts de terre. Cette abondance me gêne. Je pense à mon père.

Subitement me revient l'odeur de l'église. L'odeur des aubes parmi les bancs, lorsque résonnait le murmure paisible de fantômes qui priaient. J'avais si peur d'être mise à l'écart. Je craignais tant leurs certitudes et leurs rites.

Hugues et moi écoutons le sifflement du vent, le croassement des corbeaux. J'aime ce spectacle de l'éveil, celui d'un soleil qui perce à peine le ciel gris. A nos pieds la Meuse renaît. La glace a commencé à fondre. De larges trous laissent voir son courant dégourdi. Bientôt ce sera le printemps. Le potager que j'ai installé dans la cour donnera ses premières feuilles.

Nous discutons toujours beaucoup, à voix haute désormais. Parfois Hugues m'apporte les livres qu'il a enluminés. Nous restons assis au bord de l'eau, à contempler les dessins. Mon ami me parle de ses lectures. Mais cela devient rare. Très souvent, Hugues m'assaille de questions.

« Juette, dit-il. Est-il bien nécessaire de vivre à côté des lépreux ? Vous les levez, vous préparez leurs repas, les lavez, c'est tout juste si vous ne les bordez pas. Vous voulez attraper la lèpre, vous aussi ? C'est ainsi que vous concevez la foi, comme une destruction lente ? Et puis, cessez de sourire chaque fois que je vous en parle !

— Personne ne s'est jamais occupé de ces gens. On les met à l'écart. Je connais très bien cela. »

Mais non. Hugues n'est pas content. Je ne parviens pas à saisir pourquoi. Et tandis qu'il poursuit, je vois ses mains trembler.

« L'Eglise n'attend que ça. Vous ne comprenez pas, ni vous ni l'abbé Jean, qu'elle n'attend que des ennemis pour fortifier sa présence ! Tisserands, cathares, vaudois ou béguines, vous devenez des outils. C'est un immense piège !

— Hugues, je n'ai que faire de l'Eglise. Tout ceci, je le fais pour moi. »

Devant nous, le ciel regorge de canards sauvages. Ils volent serrés les uns contre les autres. Ils forment de grands triangles sombres. Où vont-ils ? Je peux entendre leurs ailes claquer comme une voile. Et puis, une évidence. Ma voix baisse d'un ton et retrouve les murmures d'avant.

« N'ayez pas peur. Je vous pardonne tout. »

Hugues soupire en regardant les collines. Il a l'air épuisé. Je l'imagine dans vingt ans, avec cette lassitude inscrite sur ses traits. Je ne l'ai jamais vu aussi inquiet.

« Vous vous enfermez chaque jour un peu plus. Etre seul ne signifie pas être isolé. Quel Dieu vous demande pareil sacrifice ?

— Je vous le répète. Je le fais pour moi.

— Peu importe pour qui vous le faites. Ni vous, ni Dieu, personne n'a le droit de vous faire mal ! »

C'était presque un cri. Je le reçois en plein cœur. Mes yeux s'emplissent de larmes. Alors c'est ça. Juette au-dessus des combats. Juette par-delà le ciel.

Moi, plus importante que les luttes et plus précieuse que la foi. Moi, digne d'intérêt. D'amour peut-être. Comment avoir encore peur de l'enfer ? Je regarde ses cheveux bruns, épais, agités par le vent. Derrière lui, le ciel est plein d'oiseaux. Son visage se tourne vers le mien. Je me laisse faire. Du coin de l'œil, je vois ma main se lever, comme détachée de moi. Elle se pose sur sa joue. Le contact libère une petite foudre brûlante qui descend vers mon ventre. Du bout des doigts, je glisse des yeux jusqu'au menton. C'est une douceur un peu rugueuse. Pour la première fois de ma vie, je caresse quelqu'un. Ma peau découvre l'intimité d'un geste qui râpe et console, le temps d'un visage, d'une toute petite éternité. Hugues a fermé les yeux. A son tour, il lève ses deux mains. Elles recouvrent mon visage. Je ferme les yeux, moi aussi. Je sens mes cils frotter ses paumes. Dehors il fait froid. Mais ma tête est à l'abri, entre les parois chaudes de ces mains. Plus personne ne peut me voir. Plus personne ne peut venir me chercher pour coudre devant le feu ou pour me marier. Je n'ai tué personne. Je suis juste un visage entre des mains chaudes, pleines de mon propre souffle.

Je respire à peine. Pourtant je me sens légère. Je suis seulement un mélange de vent et d'eau. Je cligne des yeux. Je suis au bord d'une rivière, lumière farineuse du matin, robe blanche et beau sourire, comme les rêves d'enfance sont proches ! Mes compagnes s'affolent autour de moi. J'entends leurs murmures et le froissement des tuniques. Leur agitation m'arrive de très loin. Leurs silhouettes sont hautes.

On m'essuie le cou avec un linge mouillé. Une main se pose sur mon front. Je voudrais rire mais je ne parviens qu'à tousser. Ma bouche articule des mots que j'écoute, plutôt surprise. « Je suis propre », dit ma voix, et à l'instant où je prononce cette phrase, résonne l'écho merveilleux de mon rêve. « Je suis propre, et je sais tout. »

La nouvelle s'est répandue comme le vent. A Huy, on ne parle que de ça. Sur la grande place, les gens martelaient la nouvelle. « Juette a des visions », exactement comme la grande Hildegarde de Bingen. Elle peut parler avec Dieu. Elle est protégée par la Vierge. Elle a même été amenée vers le Christ, escortée par des anges. Elle connaissait les noms des pierres précieuses qui parsemaient sa robe. Cette fois l'Eglise n'est pas seulement en présence d'une ennemie, mais d'une rivale.

Le crieur public a colporté la nouvelle jusqu'à Liège. Quand Juette se déplace, elle provoque une émeute. Elle est protégée par ses compagnes de la léproserie qui l'entourent. Les gens attendent devant l'église juste pour l'apercevoir. Dix femmes se sont déjà présentées pour devenir béguines à leur tour. Elles ont laissé une maison, une famille, pour œuvrer avec mon amie. Dans la rue, les gens la pressent de questions. A quoi ressemblent les trois personnes de l'unité divine ? Penses-tu à implorer miséricorde, pour nous, tes semblables ? Puis-je te baiser les pieds ? La ville afflue vers la léproserie, la bouche pleine de questions. Je vois passer des angoisses, des secrets, des mystères dont chacun veut se laver. Et chacun place en Juette la possibilité du rachat.

Elle a tous les marchands derrière elle. Je n'aime pas ça. Au fond, ces gens ne soutiennent pas Juette et encore moins leurs proches malades. Pour cela, ils sont haïssables. Ils ont trouvé de quoi régler leurs comptes avec le clergé. Et puis, cette caste n'étant pas à un paradoxe près, elle peut enfin se débarrasser de sa culpabilité de riches. Enfin quelqu'un qui prend en charge ses péchés ! Enfin quelqu'un qui croit à sa place ! Ce sont des bêtes : le jour où il faudra défendre mon amie, il n'y aura personne. Il n'y a pas une once de courage dans leurs cœurs. Ils ne valent pas mieux que leurs adversaires les prêtres.

Le résultat, c'est qu'ils couvrent Juette d'aumônes. Et elle ne voit rien, n'entend rien. Avec cet argent, elle s'est mis en tête de construire une série d'hospices aux alentours. Chaque fois qu'elle parle de ce projet, elle s'enflamme. Comment fera-t-elle pour trouver les fonds nécessaires, enrôler les ouvriers, établir les plans, cela, je n'en sais rien. Ce qui est sûr, c'est qu'elle le fera. Elle travaille aussi dur que Marthe, mais c'est Marie qui est dans son cœur. Je la supplie de se ménager. Bientôt, elle sera trop maigre pour marcher. Comment fera-t-elle pour s'enfuir, en cas de riposte de l'évêque ? Pourquoi s'exposer au danger ? Juette a même conçu une charte pour défendre les intérêts des lépreux ! Elle sait que les malades sont presque tous originaires de Huy. La charte a donc été signée par tous les parents de ces malades, mais aussi par le maire, les échevins et... l'abbaye de Floreffe.

L'abbé Jean ne parle que de Juette. Depuis la mort de maître Amaury, il a changé. Il parle vite et se montre moins patient. A l'abattement dans la chapelle a succédé une sorte de fièvre un peu malsaine. Cet homme bon, cet exemple de sagesse, rêve de révolte. Il veut absolument être associé à ce mouvement qui défie l'Eglise. Moi, je doute de sa sincérité. Est-ce l'audace de Juette qui le ragaillardit, ou l'aubaine de pouvoir s'abriter derrière elle pour se venger ? Il m'a demandé de l'amener jusqu'à la léproserie. Il est mon supérieur. Je n'ai pas pu refuser. Mais je n'ai pas non plus dissimulé ma colère. Le long de la route, j'ai gardé les dents serrées. Nous avons vu se profiler les bâtiments neufs. L'abbé Jean était rouge d'excitation. Il a sauté de la carriole. Avant de pousser la porte, j'ai interrompu son élan.

« Je vous attends dehors.

— Hugues ! Ne soyez pas idiot.

— Si vous êtes ici, c'est en votre nom. »

L'abbé Jean a froncé les sourcils. Son visage rond avait perdu sa joie. Il était perplexe. Il ressemblait au père de Juette. Un petit ogre.

« Je vous parle comme je parlerais à mon fils : êtes-vous devenu fou ? Ou bien frileux ? Vous ne pesez pas lourd face à d'autres élèves. Ceux de maître Amaury ont plus de courage que vous, et heureusement ! Ah, qui propagera mes idées quand je ne serai plus ?

— Libre à vous de changer d'élève.

— Jolie reconnaissance. Enfin, vous ne voyez pas ce qu'ose Juette ? Elle défie la collégiale toute-puissante. Avec ses visions, elle a maintenant autant de poids que l'évêque lui-même !

— C'est juste. Ce qui en fait une cible vivante. »

De rage, j'ai poussé la porte, sans cesser de le regarder. L'abbé Jean a soutenu mon regard, puis il est entré. Je n'avais jamais défié mon maître. Ce sont les hommes qui se battent entre eux. Pas nous.

Je suis retourné à l'abbaye pour m'enfermer dans la bibliothèque. Incapable de lire, je suis resté assis, cloué par l'angoisse. Plus tard, j'ai appris leur accord : Juette a accepté que l'abbaye de Floreffe nomme un prêtre chargé de célébrer la messe pour les lépreux.

Le plus étrange, c'est que nous n'avons jamais été aussi proches, Juette et moi. Lorsque nous sommes ensemble, j'oublie presque mon inquiétude. Il n'y a plus de menace. Il y a seulement Juette et son nouveau bonheur. Elle sait ce que je pense de sa démarche et de celle de l'abbé Jean. Mais elle sait aussi que, s'il y a quelqu'un à qui elle peut raconter ses visions, quelqu'un qui ne verse ni dans le scepticisme ni dans l'admiration, c'est moi.

D'abord elle soupire. Elle devient toute molle. Son corps tressaille. Ses paupières tremblent. J'ai toujours peur qu'elle ne s'éveille plus. Mais elle revient à elle, très pâle. Elle se caresse la gorge. Il faut attendre un peu. J'ai toujours hâte qu'elle me raconte. Ce qui me touche, ce n'est pas le souvenir de ses visions, même si, visiblement, la Vierge et le Christ prennent lentement corps, jusqu'à devenir une mère caressante et un mari tendre. Non, c'est de voir éclore, comme un cadeau, la Juette d'avant, qui me racontait ses « histoires ». Je reconnais cette sincérité profonde. Cet émerveillement. Elle emploie les mêmes mots pour désigner le Christ et les chevaliers. La paix qui émane de Marie lorsqu'elle sourit, c'est celle de sa dame au bord de l'eau. Je vois passer saint Jean l'Evangéliste, qui a fractionné l'hostie devant elle, comme je voyais passer les ponts sous l'eau. Il y a quelques jours, elle a ri en tournant autour de moi. Ses longs cheveux effleuraient ma robe. Elle me remerciait de lui avoir appris ce langage du cœur pour parler à Dieu. Elle était sûre que, grâce à ce langage simple, le Christ et Marie avaient pu lui apparaître aimants. J'ai le sentiment qu'il ne s'est jamais rien passé. Les arbres dans les cours sont éternels. Juette est heureuse. Sa foi est intacte et c'est ainsi que je la conçois : pure, entière, personnelle. J'oublie mes craintes et la cruauté du monde. Je ne retiens qu'une chose : s'il faut des visions pour que cet élan existe, que Juette se laisse déborder. Les mauvaises langues finiront bien par se taire.

Je sais qu'en ville les détracteurs sont aussi nombreux que ses admirateurs. J'ai déjà entendu des groupes railler ses « extases ». Ce qu'ils ne savent pas, c'est que Juette n'a plus peur. Et après ? La folie est une paix comme une autre.

Je ne sais pas si la paix fait partie du monde des vivants. On croit, à un moment, que les pas qui nous mènent sont infaillibles. Le chemin est lisse. Tout a un sens, depuis la petite fleur rouge en bordure de route jusqu'aux mots d'un ami cher. Tout tient debout et ne demande qu'à avancer. Comment refuser à cette fleur rouge d'être là ? Nul ne peut contester sa présence. Et pourtant quelque chose n'est plus à sa place. Quelque chose n'est pas heureux et fait entendre sa voix. C'est une voix étrange, pleine de gratitude. La gratitude est une tristesse sans bruit. Elle vient avec une douleur aiguë, liée au souvenir. Le sentiment d'avoir laissé certaines choses derrière soi, très importantes et très fragiles. Soudain la petite fleur rouge n'est qu'un appendice au bord de la route. Les pas ont cessé. Il est trop tard.

Je n'ai pas eu besoin de lever les yeux. J'ai su, en écoutant la porte s'ouvrir, qu'il y avait un ennui. J'ai deviné son visage blême. Je sais tout. Il me suffit d'un bruit infime, le froissement d'un pas, l'air que fend un corps qui s'approche. Mes voyages auprès du Christ m'offrent une clairvoyance inespérée. J'ai senti la terreur d'Hugues avant qu'il ne la nomme. Il a suffi d'un regard pour nous diriger ensemble vers la route. Je l'ai laissé marcher en silence. Au bout d'un moment, il a parlé d'une voix cassée.

« Maître Amaury avait instruit quatorze de ses élèves pour que survive sa parole... Sa parole qui disait que Dieu est dans le pain, et pas seulement le pain sacré...

— Hugues, je sais tout cela.

— Ils sont morts. Tous. Maître Amaury aussi, deux fois. Ils ont déterré son corps. Ils l'ont posé sur le bûcher, au milieu des élèves.

— Pardon ?

— Il y a autre chose. Le pouvoir épiscopal a ordonné que soient brûlés, avec eux, les livres d'Aristote. »

Hugues regarde au loin. Mon cœur tape comme un poing.

« Comment... va l'abbé Jean ?

— Il a couru jusqu'à sa cellule. Nos mains ont tenté de le retenir. Nos mains ressemblaient à des épouvantails sortis des pierres. Il s'est jeté sur le sol. Il avançait à genoux. C'était un animal grotesque, sans pattes, qui rampait pour atteindre ses livres. Il a grogné de colère avant de les déchirer, de les réduire en petits morceaux avec une lenteur rageuse. Toute la nuit, il a hurlé des paroles incompréhensibles. Il s'est jeté contre le mur. Et depuis ce matin, on l'entend sangloter. Il n'a même pas célébré la messe. »

Les hommes. Voilà le travail des hommes. Ces murailles que je vais piétiner pour que résonnent encore les cris des cadavres. Je ne hais pas les hommes parce qu'ils sont hommes, mais parce qu'ils ne sont pas vraiment des hommes. Je les hais parce qu'ils n'ont pas su se montrer plus forts que moi. Les papes condamnent, les évêques exécutent, les fils éventrent et les pères abandonnent. Voilà, pour eux, ce qu'est la force. Voilà leur ignorance et leur faiblesse. Seules les mains pures savent haïr et recevoir le privilège de la punition. Les hommes n'ont pas les mains assez nobles. Ce sont des enfants qui s'égosillent dans les arrière-cours et qui, après avoir noyé un chat, se sentent invulnérables. Il leur faut des simulacres de règne pour trouver le sommeil. Sans doute ont-ils bien dormi après le bûcher. Je vois ces élèves lentement rongés par le feu. Je sens l'odeur qui s'en dégage. J'entends les hurlements sortis de ces corps jeunes, en écho infini de la souffrance. Quatorze crimes pour une seule parole. Vengeance pour la nuit de l'abbé Jean et ses livres déchirés. Vengeance pour Hugues et son visage de vieillard, qui regarde sans voir l'horizon. Si je dois suivre un monde, ce sera un monde sans pape et sans mère, sans autre loi que la mienne. Les mots brûlent. Les pères délaissent. Moi je marche. La porte qui cogne le mur sonne le départ. Agnès hoche la tête. Les béguines me suivent en silence le long de la route. Elles s'accordent à mon pas. Qu'ils apprennent, ceux qui s'écartent à notre passage. Qu'ils apprennent le langage des vieilles folles collées au mur et celui des dames blanches au bord de l'eau. Qu'ils le propagent aux quatre coins du monde, car ce sont nous, les chevaliers, qui avançons en cohorte décidée. Je côtoie les vergers invisibles depuis ma naissance. Je vais enfin m'y heurter. Les vergers invisibles comme l'air, résistants comme le fer. Ce sont les mots exacts que j'ai entendus. Comment combattre l'air et le fer ? Maintenant je le sais. Monter les marches de l'église ne me fait pas peur. Mille fois j'ai emprunté des ponts sous l'eau, sans mourir. Vengeance pour toutes les portes des églises ouvertes d'une main, à la seule décision d'un prêtre. Celui-ci s'allonge sur les paroissiennes depuis trop longtemps. Mes pas qui progressent dans la travée signent sa mort. Il verra que les abandonnées en paroles ont aussi des doigts, pointés sur lui dans le silence sépulcral. Personne ne se lève. Tout le monde attend. Ses boucles grises tremblent sur son front. C'est moi, désormais, qui désigne les promis. Dieu ne veut pas de toi. Dieu n'aime pas les prêtres coucheurs. Tu es trop lourd de fautes secrètes. Tu suintes l'odeur des femmes, entendez, respirez sa robe : elle sent le lit défait à l'aube, l'ombre de la chambre et les pleurs des corps qu'on dénude, pareils à ceux qu'on brûle. Comme les hommes, tu veux des sensations. Tu penses y trouver l'assise de ton règne. Et tu te dis serviteur de Dieu ? Tu oses réciter les odes à la Vierge ? Parce que ta conduite est une offense à Marie, elle est une offense à toutes les femmes. Tu as beau ouvrir les yeux, à la façon d'un démon pris au piège, je n'ai aucune pitié pour toi. Moi qui connais les cieux et qui parle leur langue, je t'interdis de prétendre au salut. Les cris que j'entends derrière moi sont tes derniers chants. Pour bien te montrer que le pouvoir est désormais entre mes mains, je laisse les femmes bondir des bancs pour s'agenouiller devant moi. Elles me serrent les cuisses. Elles baisent mes pieds. Tes glapissements de colère n'arrêteront pas la volonté de Dieu. La vérité a ce visage : celui d'une pagaille salutaire, de raclement de bancs d'église, d'hébétude et d'adoration. Souviens-toi de cette église renversée. Moi je me souviens que, désormais, le diable m'obéit.

Je continuerai. J'irai dans les paroisses. Je soulèverai les robes. Je dirai tout haut les hontes de cette Eglise. Je montrerai la puissance de ce monde d'hommes que je démonterai, pièce par pièce. Je leur prendrai le pouvoir. Je n'ai que faire du scandale ni du danger. Tout ce que je vois depuis des mois, tout ce que j'enfouis, sera crié en place publique. Moi aussi, je peux brûler les indésirables. Ces clercs qui venaient remplir leur ventre chez mes parents, au cours d'interminables dîners : ils sont finis. Je les condamne, les uns après les autres, escortée par mes femmes. Je fracasse les messes. J'entre dans les tavernes, maintenant j'ose, et j'en sors les impurs. J'interviens chaque fois qu'un membre du clergé se rend dans les villages et rafle l'argent d'une entrée au paradis : croyez-vous vraiment qu'une place auprès de Dieu s'achète ? On vous trompe. On vous fait croire que le salut se vend comme une batterie de casseroles. Quel est ce Dieu qui alourdit les poches de l'Eglise ? Ce n'est pas le même que je vois dans mes extases. Le mien, le vôtre, n'attend que bonté, rigueur et humilité pour sauver. Alors le village se groupe autour de moi. Des mains palpent mes épaules, étreignent mes jambes. Je me laisse toucher. Parmi ces gens, il y a des femmes que je retrouve le soir, devant la léproserie. Elles se pressent à ma porte, prêtes à tout quitter pour devenir mes compagnes. Elles se mêlent à d'autres venues de loin. Certaines ont des coiffes que je ne connaissais pas. C'est une foule de femmes qui m'écoutent et me respectent. Les maisons tremblent. De plus en plus de jeunes filles refusent le mariage en invoquant mon nom. D'autres quittent leurs familles. Je suis au cœur de l'orage. Un groupe de villageois a réclamé à l'évêque que les messes soient célébrées à la demande des fidèles. Un autre a déposé devant la collégiale, au petit matin, un tas de victuailles si haut qu'il barrait la porte. Dans les églises, les débats empêchent le prêtre de célébrer la messe. On demande des comptes au clergé : « Comment est-il possible que Juette dialogue avec les cieux, alors que vous, hommes de Dieu, n'y parvenez pas ? », ou encore, et c'est ma question favorite : « Respectez-vous les interdits de l'Eglise, comme le fait Juette ? » Faire plus que l'Eglise, être meilleure qu'elle : mes armes sont simples. On guette mon passage. On se précipite vers moi lors des foires. J'attends les cortèges sacrés. Je me mets en travers de leur route. Et je crie. Homme de Dieu, tu salives sur tes servantes, vrai ou faux ? Et toi, que caches-tu sous ton matelas ? Le gant d'une fidèle, avoue ! Les épaules flanchent et ce chanoine s'agenouille, en pleine rue, sous les yeux de tous. Le gant d'une femme, oui, j'ai le gant d'une femme sous mon lit, puisse Dieu me pardonner. Peine perdue : en mon nom, Dieu ne pardonne plus l'Eglise. Et si tu en doutes, accompagne-moi un jour là-haut. Tu verras la confiance de la Vierge, le regard aimant du Christ posé sur moi. Va demander aux anges l'accueil que l'on me fait. Reviens ensuite me dire lequel de nous deux est pur. Tu ne peux pas résister. A l'église, un prêtre a essayé. Il m'a refusé la communion. J'étais agenouillée avec les autres fidèles. Quand mon tour est arrivé, ce prêtre s'est détourné, l'hostie à la main. « Je ne donne rien aux hérétiques », a-t-il lancé devant tout le monde. A cet instant, le mélange d'eau et de vent grimpe dans mes jambes. Il y a cet éblouissement. Mon cœur éclate. Mes genoux cognent le sol. Agnès me rattrape. Puis l'onde blanche et vaporeuse se dissipe. Une silhouette se glisse entre deux rues obscures. Une enseigne grince. Un carré noir s'enflamme, c'est une maison peut-être qui brûle, mais non, c'est une robe. L'odeur froide de l'église m'atteint comme une gifle. Frappée de stupeur, je me relève et je me tourne vers le prêtre. Je tiens à peine debout. Les mots cavalent. La colère m'étrangle, tu oses, tu oses me refuser l'hostie alors que tu fréquentes les prostituées. Silhouette de malheur, enrobée d'ombre, qui entre chez les femmes. Le prêtre déglutit. Il tente de se défendre. Je m'approche de lui. Il recule. Les gens se lèvent. Homme de malheur, qui se dit homme de Dieu. Tu touches les femmes, comme les autres. Comme les mères qui meurtrissent leurs enfants nus en nouant leurs cheveux. Comme les maris violeurs. Et tu dissimules cet enfer sous ta robe. Et tu oses me traiter d'hérétique. Qui croyais-tu tromper ? As-tu oublié ce que je suis ? Reste allongé par terre. C'est ta place. La mienne te domine. Je suis lavée de mes fautes. Je suis propre. Je suis propre, et je sais tout.

Maintenant elle se baigne avec les lépreux. Elle mange dans leurs assiettes et porte leurs tuniques. Elle pense que si la lèpre attaque son corps, son rachat sera entier. J'ai si peur de la perdre que je ne dors plus.

Ses visions se multiplient. Quand elle revient parmi nous, Juette a le regard de plus en plus vague. Elle ne raconte plus rien. J'ignore ce qui se passe durant ses extases. La belle joie a disparu. Ne restent que des secrets et une langue inconnue. Mon amie se transforme. Je ne sais pas d'où lui vient cette capacité à lire dans les cœurs, à chaque fois plus aiguisée. Juette ressemble à un aigle qui persécute ses proies. Personne n'est épargné. Elle repère telle dame noble qui raffole des hommes. Ou ses compagnes. Récemment, un scandale a secoué la léproserie. Marguerite coulait des regards vers un clerc. Elle avait l'air très amoureuse, au point de s'enfuir avec lui. Juette était furieuse. Elle a envoyé Agnès prévenir les recluses essaimées dans les villes. Cette messagère de malheur a distillé le message. Cette traque m'a mis très mal à l'aise. Elle a révélé l'influence de Juette. Partout, des béguines suivent son exemple et se regroupent selon la même organisation. Je comprends mieux ces groupes de femmes qui, sans cesse, viennent à la léproserie. Elles arrivent de loin, totalement dévouées à mon amie. Pareil élan a eu raison de Marguerite, retrouvée après des mois de recherche. Elle se cachait à Metz avec son compagnon. Restée fidèle aux paroles de Juette, elle n'avait pas perdu son pucelage. Son ami n'avait même jamais vu sa peau nue. Ils dormaient pourtant côte à côte.

La jeune béguine est rentrée éplorée. Comme les autres, elle s'est agenouillée, les mains tordues, dans l'attente d'un pardon. Les femmes s'agrippent à la tunique de Juette qui les ignore. Je découvre, stupéfait, cette cruauté. Une cruauté d'homme. Son regard est dur, très brillant. Pourtant, il me suffit de m'isoler pour me souvenir d'elle. Il me suffit d'un arbre planté dans une cour pour voir passer des chevaliers. Alors je sais quelle tristesse se cache sous la hargne. La tristesse d'une âme noble qui a deviné que la noblesse a abandonné les hommes. La hargne des êtres généreux qui ont vu leurs rêves couverts de boue. En mémoire de ces rêves, ils abattent des murs. Ils chassent, ils pillent, ils exigent, avec la même force malade. Le désespoir les met hors d'atteinte. Il les rend visionnaires. Un jeune moine conserve le foulard reçu d'une cousine en gage amoureux : Juette le sait. Un bourgeois dévot court les filles : elle le sait. Elle sait tout. Elle traque les déviances, les écarts. Elle voudrait une route droite et vide.

Aucun homme n'ose l'approcher. De fait, c'est moi qui les approche. Dès que j'aperçois un groupe, je tends l'oreille. Ils disent qu'elle s'est tenue trop longtemps auprès de la Vierge. Qu'elle ne l'égalera jamais. Ils la comparent aux bonimenteurs et aux charlatans qui envoûtent les paysannes. Ils rappellent qu'une femme, c'est une âme simple. D'autres suggèrent qu'elle enfourche un homme pour régler le problème en une nuit. C'est souvent à ce moment que je m'éloigne. Non pas à cause de ce que j'entends : les pires insultes ne saliront jamais Juette. Elle est trop loin de nous et tellement plus grande. Mais bien à cause de ce monde masculin que je me réjouis d'avoir quitté. Me reviennent certaines images interdites, celles de ma vie d'avant. Des souvenirs écornés à force de me battre contre eux, mais encore assez vivants pour m'assaillir de lames luisantes, de pantalon de toile déchiré pour panser les blessures. Ma mémoire est pleine de matins vides et de bords de chemin. Ce chemin que j'ai cru infiniment long avant qu'il ne s'arrête devant Juette.

Alors oui, je connais bien les hommes. Ils sont forts, organisés. Ils n'aiment pas que l'on prenne leur place. Ils défendent leurs terres. Ils se sont unis pour menacer Juette. C'était un beau matin. On voyait sur la route un barrage sombre hérissé de piquants. Moi j'étais là. Je courais derrière Juette en la suppliant de se calmer. Elle marchait tête baissée, suivie de ses compagnes, avec une telle détermination que ses pieds nus laissaient une profonde empreinte dans la terre. Nous nous sommes arrêtés face à ce groupe armé de fourches et d'épées. En tête, le prêtre coucheur. Le premier dénoncé dans sa propre église. J'ai senti mon ventre fondre de peur. Que font ici ces fourches et ces épées ? Il y a aussi les paysans, les bourgeois, les marchands, et bien sûr certains membres du clergé. Tous, ils restent aussi immobiles que des statues. Cette haie masculine ressemble à un décor de théâtre. Puis le prêtre s'avance. Il a les bras croisés, le regard dur. J'entends le courant paisible de la Meuse. Juette, que m'apprends-tu ? Quel est ce monde que je découvre et que tu sembles si bien connaître ? Qui t'a donné de telles armes, ce courage, mais aussi pareille violence ? Tête d'oiseau, disait ton père. Comme il avait raison. Personne ne peut te retenir. Tu ne supportes pas ta défaite. On t'a volé tes matins et tu voudrais en priver le monde. Tu voudrais une nuit interminable, sans promesse de clarté, sans aube. Une longue nuit à l'abri. Mais tu ne l'auras pas. Tu es vaincue. La certitude de ton échec te place sur les hauteurs, au-dessus de moi. Tu ne crains plus rien. Je vois seulement la bouche du prêtre s'ouvrir et articuler quelque chose. Vient ton tour. Je n'ai jamais vu une telle haine dans tes yeux. Ils luisent comme ceux d'un serpent, bordés de cils qui ressemblent à des flammes. Tu es un guerrier. Pourvu que tu ne tues personne. Derrière toi Agnès se tient très droite, les deux bras le long de sa tunique. Elle serre les poings. Je me dis qu'elle pourra peut-être te retenir si tu décides de sauter à la gorge du prêtre. Je vois ton profil s'avancer jusqu'à masquer le paysage tout entier. J'implore Dieu de nous venir en aide et de mettre fin au cauchemar. La peur m'empêche d'entendre. Elle remplit mes oreilles d'un silence bourdonnant qui me projette loin de cette route, loin de toi qui, calmement, terrasses les autres. Tu fais un pas, puis un autre. Le groupe d'hommes s'écarte. A regret, lourd de rancœur, mais il s'écarte. D'une main, tu pousses une épaule trop lente. Tu veux le passage, la voie offerte. Mes jambes te suivent. Je ne comprends rien, que voulaient ces hommes ? Juette, que voulaient-ils ? Je bondis autour de toi comme un lièvre apeuré. Tu me répondras plus tard quand, arrivée à Huy, tu voudras laver ta main dans une fontaine. La place est ronde et ensoleillée, bordée de maisons fleuries. Mais tu ne vois rien. Assise sur la margelle, tu frottes ta peau. Tu frottes comme si ce contact était pire que la lèpre. Je m'agenouille devant le bassin pour m'asperger d'eau froide. Je viens de connaître la plus grande peur de ma vie. J'avais déjà découvert la haine dans ta cour, le soir où tu as hurlé. La haine et la peur, je te les dois. Autour les enfants jouent, les animaux passent. Les gens poussent les volets. Ta capuche est baissée. Le soleil embrase tes cheveux. Tu parles sans me regarder, occupée à laver ta main.

« On aime le monde seulement quand il nous parle. Prenez l'abbé Jean. Il a souffert de la mort de maître Amaury et de celle de ses disciples parce que ces gens pensaient comme lui. Et regardez-vous, Hugues. Tout ce que vous faites, c'est par peur de me perdre. Seul compte ce que vous ressentez. C'est ainsi : toute entreprise, aussi grande et sacrée soit-elle, repose sur des nécessités personnelles. L'altruisme n'existe pas. Mais la bonté de Dieu, c'est justement de prendre l'homme ainsi, avec son égoïsme. Sa grandeur est là : il n'exige pas la perfection mais uniquement les efforts déployés pour l'atteindre. Peu importent les règles et les armes, tant qu'elles obligent à faire mieux chaque jour pour se rapprocher de Dieu. C'est cela que l'Eglise ne comprend pas. C'est en cela que je la combattrai, jusqu'à la fin. »

Abasourdi, je ne réponds rien. Tu te lèves. Tu rassembles tes femmes d'un signe de tête. Subitement, je comprends ta peur du diable. Tu disais qu'il surgit toujours quand on ne l'attend pas. Les diables ont fait exactement cela. Ils ont des casques et des lances. Ils sont conduits par l'évêque. Les diables te prennent sous les bras et t'emmènent avec eux. Ils ont agi si rapidement que ni moi ni tes compagnes n'avons eu le temps de réagir. Des visages surgissent des fenêtres. Des riverains se collent aux murs. La place ensoleillée appartient déjà à un autre temps. J'aperçois ton dos arqué, traîné par les soldats. Tes pieds nus râpent le sol. Je hurle. Je me précipite vers toi mais une lame avance contre mon ventre. Derrière l'épaule du soldat, j'aperçois ta tête en arrière. Une main gantée te tient les cheveux.

« C'est l'histoire du chevalier à la Rose... » Je la récite en caressant les pierres. Mes histoires sont revenues. Elles sont intactes. Majesté des mots, plus grands que l'obscurité. Je n'ai pas besoin de bibliothèque. Mes histoires attendaient, simplement. Il ne faut pas être inquiet. Les choses qu'on aime finissent toujours par nous appartenir. J'espère que Hugues le sait. Que fait-il, à cette heure ? Je suis sûre qu'il se tient en bas, devant cette prison. Furieux de ne pouvoir y entrer.

« ... Fou amoureux de sa mère adoptive, Gwenell, une dame aux cheveux roux... » Il ira combattre pour elle. Moi aussi j'ai combattu pour une dame. Mon enfance porte une grande robe blanche. Elle sourit.

Comment peut-on m'atteindre ? Ma cellule est pleine de silence. Mes histoires peuvent éclore. Elles reviennent les unes après les autres, comme des petits miracles dociles. Je me sens protégée par une force venue d'en haut. Autour de moi, il y a quatre murs noirs. Cela suffit. A la léproserie aussi je dormais par terre entre des murs. Quant à l'isolement, quelle importance ? La solitude est ma compagne depuis l'enfance. Si l'on n'a plus peur de la solitude, on n'est jamais seul.

On a laissé venir mes parents, une fois.

Ma mère reste près de la porte. Elle regarde le sol en pleurant. Mon père s'avance. Il est toujours aussi petit. Il a raccourci sa barbe. Elle ne frémit plus, ni de joie ni de colère. Je cherche l'homme qui rassurait. Celui qui me protégeait de l'enfer. Il n'est plus là. J'ai affronté l'enfer toute seule. J'ai vaincu sans aide. Désormais mon père ne me sert plus à rien.

Deux rides marquent son front. Il m'observe avec intensité. Je regarde ce couple que je ne reconnais pas. Je me tiens face à eux. Ma tunique est sale. Mes cheveux aussi. Mais je ne suis pas gênée. Ce sont eux, les fautifs.

Mon père prend son élan. Il dit qu'à la demande du pape une enquête a été lancée conjointement à une autre, d'envergure, qui recouvre la Champagne. Les diocèses se sont unis pour rétablir l'ordre public. Mon cas sera noyé parmi une centaine d'autres. Beaucoup sont accusés d'hérésie cathare. Ils ont été arrêtés lors de la grande foire de Provins. Tous, nous servirons d'exemple. Je suis contente d'approcher enfin ces dissidents dont Hugues m'a tant parlé.

Il est encore temps, supplie mon père, de tout sauver. « Ils te demanderont des comptes sur tes... tes voyages en haut, s'emballe-t-il. Tu peux invoquer des troubles liés à ton état de santé. Dis que tu étais malade. Ta mère et moi allons trouver un docteur qui en attestera. Nous sommes prêts à mentir, à t'inventer des fièvres qui feront passer tes colères pour des délires. Car ils te demanderont pourquoi tu t'attaques à l'Eglise. Pourquoi tu incites les jeunes filles à refuser le mariage. Pourquoi... Il faut absolument les convaincre que ce n'était pas ta faute et que tu regrettes tout. Juette, arrête de sourirc. Il faut dire que tu regrettes. Tête d'oiseau, tête folle, toute petite tête, si tu ne dis pas ça, tu seras condamnée. Ne m'oblige pas à pleurer. Tu m'entends ? »

Non. Je n'entends pas non plus lorsqu'on m'amène devant les seize évêques. Ils sont attablés autour d'un homme que je rattache, d'après sa robe, à l'ordre dominicain. Je reconnais l'évêque de Liège. Encore une fois, il me sait à sa merci. Les chaînes sont lourdes. Le voyage m'a épuisée. Je ne sais même pas où je suis. En descendant du convoi, la lumière du jour m'a piqué les yeux. Des pierres grises s'élevaient très haut. Des bras m'ont poussée. J'ai réussi à tourner la tête. Une marée de gens s'est déplacée pour voir les accusés. Une marée dense comme un rassemblement de masques. Mais parmi eux, il y avait un visage, dont les yeux sombres brillaient sur cette mer immobile.

L'homme du centre se penche sur la table, un papier à la main. J'apprends que les diocèses de Liège, Sens et Reims se sont groupés pour contrer la dissidence. « Je vous rappelle que les chanoines de Liège ont déjà écrit au pape pour lui signaler qu'à Mont-Aimé, où nous nous trouvons en ce jour, des personnages de votre genre semaient la pagaille. »

On me lit rapidement les dépositions des témoins. Certains font leur entrée : un villageois qui s'accrochait à moi et qui aujourd'hui m'accable. Un voisin convié pourtant au baptême de mon fils. Ces gens-là se tiennent face à la table. Ils pétrissent leurs chapeaux. Ils m'accusent d'une voix tremblante. Seul le prêtre coucheur triomphe. Il me décrit comme une sorcière affabulatrice, semeuse de troubles. Une incarnation du diable. Après son témoignage, l'évêque de Liège me toise, amusé. Mon dossier, car j'en ai un, passe de main en main. On m'interroge. Je n'entends rien. Les mots cognent contre un bouclier blanc. Ils rebondissent et ils éclatent. De ces phrases cassées, me parviennent des bribes qui tombent à terre comme des morceaux de bois sec. Il est question de mes extases et de mes offensives contre le clergé.

On m'informe que certaines de mes compagnes m'accusent d'être manipulatrice. Agnès et Marguerite se sont enfuies. Beaucoup ont promis de « guérir ». Il paraît que moi aussi, je peux. Juste avant moi, une vieille femme a tout renié. C'est la seule cathare que j'ai vue. Elle a qualifié ses actes « d'œuvres diaboliques, pernicieuses, et destinées à corrompre les âmes ». Elle avait pris l'habitude d'haranguer les passants durant les foires avec des discours hérétiques. Elle se tenait collée au mur, raconte-t-elle. Son regard dardait les jeunes filles. Un jeu, explique-t-elle. Un simple jeu.

La repentance ne tient qu'à moi. « Pressons », dit le dominicain. Mais je dois voir Hugues. Il a suivi le convoi jusqu'ici. Il m'attend. Quoi qu'il arrive, il doit absolument entendre quelque chose. C'est très important. Je dois lui dire. Je voudrais dire à Hugues que j'ai retrouvé mes histoires.

Cinquante personnes furent brûlées sur la butte du Mont-Aimé. Tout le monde parla de l'affluence du peuple, de tout âge et de toute condition, qu'on estima à soixante-dix mille. On raconte que les cris des suppliciés résonnent encore. Moi, je n'ai rien vu. Je suis tombé à genoux devant les murs de la prison. Pendant des jours, j'ai pleuré en remerciant le Seigneur d'avoir épargné Juette. J'ai même trouvé une écuelle posée près de moi, pleine de viande et de pain.

J'étais derrière le convoi qui revenait sur Huy. Durant tout le trajet, j'ai prié à mi-voix sans quitter des yeux la carriole sans fenêtre. Elle était conduite par des diables armés de lances. Je fixais la porte arrière. Dans cette boîte lancée à toute vitesse, qui trébuchait sur les pierres, il y avait Juette. Juette tirée par des chevaux, brinquebalée dans le noir. J'avais peur qu'elle ne disparaisse. Dès qu'une distance se creusait entre elle et moi, j'ordonnai au cocher de se rapprocher. Ce cocher n'a plus osé m'adresser un mot. Il a seulement bougonné : « Parole, ce n'est quand même pas un diamant posé sur des roues. » Je n'avais qu'une hâte : que l'on arrive. Que l'on détache Juette et qu'elle me revienne. Blanchie, innocentée, elle pourrait reprendre sa vie. Je planterais un arbre dans la cour de la léproserie et nous irions nous asseoir ensemble. Cette fois, je serais à ses côtés pour raconter, partout, l'intransigeance et la folie de ce procès. Son combat serait le mien. En moi résonnait une promesse aussi vivante qu'un battement de cœur : plus jamais je ne la laisserais seule avec elle-même.

Je sais qu'il me faudra avancer seul. L'abbé Jean ne m'a ni retenu ni encouragé. Il a suivi de loin ce procès. Il n'a pas eu un seul mot pour « le carnage du Mont-Aimé ». C'est ainsi qu'on le surnomme en Europe. De nombreux évêques ont été choqués par la procédure sommaire suivie de l'exécution. A moins qu'ils n'aient compris que la barbarie n'est pas la meilleure façon d'asseoir une puissance... La population a été tellement effrayée qu'elle se méfie désormais. La dissidence pourrait bien avoir gagné des voix. Les foyers hérétiques essaiment de plus belle. Le pape a dû destituer ce dominicain chargé du procès. Pour la première fois, l'Eglise a tapé trop fort et trop vite. Piégée par sa propre violence. De toute façon, Juette détonnait. Elle n'appartient à aucun groupe. Son désir d'une religion plus juste, sa volonté de démasquer le clergé, ont été noyés dans la masse des revendications hérétiques. Le chef cathare criant à ses troupes : « Moi seul suis damné, car je n'ai pas de supérieur pour m'absoudre » représentait un danger bien plus grand qu'elle, si maigre et si jolie. Ses extases ne pesaient pas lourd face à la « maladie cathare », comme ils disent.

J'ai écumé la Champagne pour obtenir le procès-verbal. J'ai fait jouer toutes les relations de l'abbé Jean sans lui demander la permission. Enfin j'ai pu rentrer à l'abbaye de Floreffe muni du précieux document. Enfermé dans la bibliothèque, je l'ai lu en entier. Juette ne s'est pas défendue. Elle n'a rien dit, rien exprimé, sauf une chose : me voir. Elle voulait, est-il écrit, me « dire quelque chose ».

Je n'ai jamais su ce qu'elle voulait me dire. Arrivée à Huy, Juette ne m'a pas regardé. Elle s'est enfermée dans la maison à côté de la léproserie. La même maison dans laquelle elle ne voulait pas dormir, préférant la compagnie des lépreux. Maintenant, elle y vit. Certains gagnent leur liberté en alternant les prisons. Qu'y puis-je ? Mais j'ai beau entamer ma vieillesse, je ne pense qu'à elle, emmurée vivante.

Lors du procès, on a fait croire à Juette que ses compagnes l'avaient abandonnée. En réalité, la plupart se sont cachées pour attendre fidèlement le retour de leur patronne. Maintenant elles la protègent comme un bijou parmi les pierres. Agnès a pris la tête de la léproserie. Juette n'y va plus. Elle fait partie des recluses. Son ombre plane, invisible, sur les alentours. Elle a toujours des extases qui viennent renforcer sa renommée. Lorsqu'ils passent sur la route, les voyageurs se signent. Juette est devenue une sainte. Son histoire fait d'elle un exemple craint et admiré. Même l'évêque n'ose plus l'approcher.

Deux fois par jour, un groupe de béguines, conduit par Agnès, vient lui apporter une écuelle. Le soir, on verrouille la maison. Les femmes s'inclinent devant la porte fermée. Depuis sa cachette, Juette domine ses élèves. Elle forme les plus jeunes et surveille les aînées. Les femmes viennent de très loin pour l'entendre quelques instants. Puis elles divulguent sa parole. Je la devine, cette parole : méfiez-vous des hommes, ils salissent les enfants. Coupez les arbres dans les cours, coupez vos rêves avant qu'ils ne vous tuent. Juette enseigne que le seul amour inoffensif, heureux et salutaire, est celui de Dieu. Et le mien ? Que fait-elle du mien ?

J'ai dormi devant sa porte, hurlé son nom. J'ai même failli frapper ses compagnes qui montent la garde. Elle ne s'est pas montrée. La savoir si proche et si inaccessible m'a rendu fou. Combien de temps suis-je resté prostré au bord de la Meuse, guettant un signe ? Nous étions deux, le fleuve et moi. Orphelins d'une présence toute proche. Je ne ressentais ni faim, ni sommeil. J'attendais ses yeux verts et ses pieds nus. Derrière moi, la maison est restée silencieuse.

Je l'ai aperçue une fois. Elle sortait de sa maison pour monter dans une carriole couverte. Comme elle était frêle ! Sa main blanche serrait sa capuche sous le menton. J'ai juste vu ses cheveux cuivrés, si longs qu'ils battaient contre ses jambes. Trente femmes marchaient serrées autour d'elle. « Juette ! » Personne ne s'est retourné. « C'est moi ! » J'ai bousculé, furieux, ces corps dévoués. J'ai cogné de toutes mes forces. J'ai tenté de piétiner ces saintes de malheur pour atteindre Juette. Elle n'a même pas ralenti. Quand j'ai failli toucher son bras, on m'a tiré en arrière. Les cheveux longs ont disparu derrière la toile. J'ai eu beau me débattre, la carriole est partie. Des marchands qui passaient sur la route, alertés par Agnès, m'ont gardé à distance. Ils tenaient une fourche dirigée vers moi. Les doigts des femmes m'empêchaient d'avancer. Ils ser-

raient mes épaules comme des plantes monstrueuses, des algues blanches.

Je suis rentré à l'abbaye à pied. L'abbé Jean a observé, effaré, la poussière et les larmes qui couvraient ma robe. Puis il a détourné les yeux.

J'ai cherché ses parents mais ils ont quitté la ville. Ses cousins, ses anciennes voisines, personne ne veut m'aider. On me conseille de la laisser tranquille. J'explique que je dois la protéger. On me dit : « Personne ne protège une élue de Dieu. »

Récemment le pape a décidé que les béguines faisaient partie des hérétiques. Certaines ont déjà brûlé comme les élèves d'Amaury. Mais Juette ne fuit pas. Je crois que le pape la laissera tranquille. Sa renommée la protège. Elle passe ses jours à prier. Elle continuera à vivre recluse comme une reine aveugle et sourde. Autour d'elle bascule un monde. L'équilibre, que nous avons tant cherché, vacille. La barbarie a pris la place. Liège, mais aussi la Rhénanie entière, la Flandre, la Bourgogne, montent des bûchers. On raconte qu'à Béziers, les cathares ont uriné sur la Bible avant de la lancer du haut des remparts contre les troupes royales. Mais elles sont entrées dans la ville. Comme il était impossible de distinguer les chrétiens des hérétiques, le prélat a ordonné le massacre général. Selon lui, le Seigneur saura faire le tri. Au nom de Dieu, l'Europe trempe dans une flaque d'urine et de sang.

Nous voulions changer les choses en étant plus justes et plus honnêtes. Nous avons échoué. De nos murmures et de nos bibliothèques, il reste une guerre.

Je suis toujours aux côtés de l'abbé Jean. De grandes rides creusent ses joues. Le temps a voûté son dos mais il lui a rendu sa curiosité enthousiaste. Une curiosité presque obscène, sans mémoire. Il s'enflamme toujours en parlant de foi et de science. Il suit les progrès de ces moines franciscains en Italie qui travaillent sur la lunette optique. L'Eglise condamne cette invention qui déformerait la réalité du monde créé par Dieu. Et après ? Celui que j'admirais ne bougera pas pour secourir les moines italiens. Il préfère la révolte aux révoltés. Il passera d'un domaine à l'autre, encourageant les progrès sans soutenir les hommes. Où est celui qui déchira ses livres à la mort de maître Amaury ? Peut-être qu'il n'existe pas, et c'est maintenant que je le comprends. Il n'a pas déposé les armes : il ne les a jamais prises. Il sait que je sais. En hommage à notre histoire, nous évitons l'affront. Une gêne polie nous sert d'amitié. L'abbé Jean ne parle plus de ces femmes qu'il admirait. Je crois qu'il a oublié Juette. Année après année, cet oubli a creusé un fossé immense entre nous. Nous nous parlons à peine.

Je continue à peindre les livres. A chaque page, qu'elle soit d'un bréviaire, d'une bible ou d'un livre d'heures, surgit une femme au chignon roux. Je travaille à la feuille d'or pour que brillent les reflets cuivrés. On ne voit pas le visage. Le dos mince est tourné vers un pont qui s'enfonce dans un lac. Le ciel couvre les arbres de son drap bleu. Cette miniature peut ouvrir un texte, bien à l'abri dans une majuscule. Elle peut aussi scander des versets ou clore un chant. J'aime associer Juette au Cantique des cantiques comme à un traité sur la nature. Dans les années à venir, personne ne saura d'où vient cette silhouette. Mais peut-être que les livres survivront et que survivra, avec eux, l'image d'un chignon d'or tourné vers un pont englouti.

Je m'assieds toujours sous les arcades du cloître. J'observe l'abbé Jean. Il marche courbé dans le jardin, soutenu par de jeunes élèves. Il leur parle et il les forme comme il l'a fait avec moi. Il veille à ce que sa parole survive. A quoi sert une parole ? Il est aussi coupable que moi. Au fond, nous sommes aussi lâches l'un que l'autre. Nous n'avons rien tenté pour que nos idées bousculent le monde. Et nous sommes ici. Bien tranquilles. Ailleurs des gens brûlent ou s'enterrent vivants. Nous sommes dans un jardin. L'abbé Jean prononce une phrase que les élèves retiennent. A chaque pas, Juette surgit du gravier. Ses grands yeux verts, aux sourcils levés, veulent me « dire quelque chose ».

Je ne vais plus à Huy. Je ne peux plus. Où que je regarde, je vois une partie de sa vie. J'ai l'impression de devenir comme elle. Les coups de marteau m'assomment. J'ai peur de croiser des gens qu'elle a connus. Sur la colline, je sens la présence de l'église Saint-Mengold. Je ne peux voir d'arbre sans qu'apparaisse un dos mince. Juette est assise sous les arbres. Personne ne sait pourquoi.

Je repense souvent au livre d'Hildegarde de Bingen que je lui avais montré. « Au-dessus de la mer, le vent fait chanter les anges comme des cloches qui résonnent sur les vagues. » Au-dessus de la table, son front penché sur mes mains. Il y avait le silence de la bibliothèque et l'orage dehors. Il n'y avait pas encore cette lancinante demande qui traverse mes jours comme une lame, qui ne peut trouver sa réponse qu'en Juette. Je m'éteindrai peut-être avec cette demande. Elle est inscrite en dernière ligne d'un procès-verbal que j'ai relu mille fois. Sa seule parole qui m'était destinée, et qu'entendit une assemblée d'accusateurs. On ne saura jamais le prix que je suis prêt à mettre pour qu'elle cesse de m'user du matin au soir. Que voulait-elle me dire, ce jour où elle était sûre de mourir ? Juette, que voulais-tu me dire d'important ?

Cette histoire s'inspire de celle, réelle, d'une jeune fille prénommée Juette. Elle est née en 1158 à Huy, une petite ville de l'actuelle Belgique. Le récit de sa vie a été écrit par le religieux Hugues de Floreffe. Il était son confident et ami. Ce texte, intact, est parvenu jusqu'à nous.

C. D.-M.

Merci à Manuel Carcassonne ; à Christine et Roland Lazerges, à Karine Vincent ; et à Raphaëlle Schott.

Clara Dupont-Monod dans Le Livre de Poche

Histoire d'une prostituée n° 30266

Pendant presque un an, deux fois par semaine, j'ai rencontré une prostituée bulgare de vingt et un ans. Elle était silencieuse, je voulais tout savoir. Que se passe-t-il dans la tête d'une fille, mise sur le trottoir au sortir de l'adolescence, seule dans un pays dont elle ne parle pas la langue ? Qu'est-ce que faire l'amour à plus de dix hommes chaque nuit, menacée par un proxénète qui vous laisse à peine de quoi régler chambre d'hôtel et repas ? Pourquoi Iliana rêve-t-elle à d'improbables vacances quand elle se penche sur le sexe de ses clients ? Sait-on que certains hommes lui montrent aussi des photographies de leurs enfants ? Une prostituée peut-elle avoir une vie privée ? Peut-elle s'aimer elle-même ? Peut-elle jouir ? Espère-t-elle un jour reprendre une existence normale ? Pourquoi suis-je fascinée par Iliana ? Je n'ai pas voulu considérer la prostitution uniquement comme un phénomène de société. Je ne voulais pas non plus d'un point de vue moral, cette morale qui est au centre du débat d'aujourd'hui.

Du même auteur :

EOVA LUCIOLE, *roman*, Grasset, 1998.

LA FOLIE DU ROI MARC, *roman*, Grasset, 2000.

HISTOIRE D'UNE PROSTITUÉE, *document*, Grasset, 2003.

CLARITA'S WAY, avec Olivier Roller, L'Opossum Editions, 2005.

Composition réalisée par PCA

Achevé d'imprimer en avril 2009, en France sur Presse Offset par
Maury-Imprimeur - 45330 Malesherbes
N° d'imprimeur : 145690
Dépôt légal 1re publication : mars 2009
Édition 02 - avril 2009
Librairie Générale Française - 31, rue de Fleurus - 75278 Paris Cedex 06

31/2561/4